EL BARCO  DE VAPOR

El tesoro más precioso del mundo

Alfredo Gómez Cerdá

www.literaturasm.com

Primera edición: febrero 2007
Décima edición: noviembre 2011

Dirección editorial: Elsa Aguiar
Coordinación editorial: Gabriel Brandariz
Cubierta e ilustraciones: Juan Ramón Alonso

© Alfredo Gómez Cerdá, 2006
© Ediciones SM, 2007
  Impresores, 2
  Urbanización Prado del Espino
  28660 Boadilla del Monte (Madrid)
  www.grupo-sm.com

ATENCIÓN AL CLIENTE
Tel.: 902 121 323
Fax: 902 241 222
e-mail: clientes@grupo-sm.com

ISBN: 978-84-675-1663-0
Depósito legal: M-41781-2010
Impreso en la UE / *Printed in EU*

Cualquier forma de reproducción, distribución,
comunicación pública o transformación de esta obra
solo puede ser realizada con la autorización de sus titulares,
salvo excepción prevista por la ley. Diríjase a CEDRO
(Centro Español de Derechos Reprográficos, www.cedro.org)
si necesita fotocopiar o escanear algún fragmento de esta obra.

PRIMERA PARTE

Antes de la función

1 *Flor y Nomeacuerdo*

Avanzada la primavera, por las tardes, el parque parecía una enorme rosa recién abierta. ¡Se estaba tan a gusto allí!

Los niños corrían de un lado para otro, incansables.

Los ancianos tomaban el sol y jugaban a la petanca.

Los paseos se llenaban de transeúntes y los bancos de madera, de cansados.

Un vagabundo inspeccionaba las papeleras con la esperanza de encontrar un tesoro.

Las ardillas trepaban por los troncos de los árboles ante la mirada recelosa de los mirlos.

Los patos disputaban a las carpas los pedazos de pan que algunas personas arrojaban desde la orilla del estanque, mientras los cisnes se deslizaban sobre el agua con aparente indiferencia.

El Sol jugaba al escondite entre las ramas más altas de los castaños, los arces, los magnolios y los pinos.

Fue en el parque donde se conocieron Flor y Nomeacuerdo.

Flor era una jovencita que se movía a todas partes con una enorme maleta con ruedas. En ella no llevaba ropa de ningún tipo, ni toallas, ni un neceser con peines y cepillo de dientes... No llevaba nada de lo que suele encontrarse en una maleta.

La suya estaba cargada de muñecos que ella misma confeccionaba. Primero dibujaba la figura en su mente, después en un papel y, por último, valiéndose de cualquier material, lo construía con tanto gusto como precisión. Cuando los terminaba, les enganchaba unos hilos muy finos y los convertía en marionetas.

Los sábados y domingos, cuando el parque estaba abarrotado de gente, Flor conectaba su radiocasete y ponía una música muy alegre. Luego, iba sacando a sus muñecos de la maleta y los hacía bailar con gracia.

Tenía mucho éxito y a su alrededor siempre se formaba un nutrido corro de gente, que la aplaudía y le echaba unas monedas en un sombrero de paja que ella colocaba en el suelo, boca arriba.

Nomeacuerdo era un escritor con una imaginación desbordante, pero con un serio problema: se le olvidaban las cosas. Por eso siempre llevaba una carpeta con varios cuadernos: en ellos anotaba todo lo que sentía y todo lo que veía. Y tenía que hacerlo en seguida, pues de lo contrario se le olvidaba.

Un día, después de escribir una poesía muy bonita sobre una ráfaga del viento del norte que cimbreaba la copa de unos chopos plateados que crecían en la orilla del río, observó un corro de gente en el parque. Se acercó a curiosear y descubrió a Flor haciendo bailar a sus marionetas al ritmo de la música.

Nomeacuerdo se quedó fascinado por aquellos muñecos, que danzaban con mucha gracia, pero sobre todo se quedó fascinado por aquella muchacha, que le pareció el ser más bello y delicado de la galaxia entera.

De inmediato abrió uno de sus cuadernos e, impulsado por un arrebato incontrolable, comenzó a escribir: «Su pelo es un torbellino nocturno; sus ojos, dos cometas que rasgan el firmamento; sus dientes, una muralla de perlas dentro de un mar de coral...».

Cesó la música y Flor apagó el radiocasete. Con una reverencia agradeció al público sus aplausos y recogió el sombrero de paja lleno de monedas. Como ya era tarde, comenzó a guardar sus cosas.

Entonces se fijó en Nomeacuerdo, que permanecía inmóvil frente a ella. Cuando no la miraba, escribía en el cuaderno.

–Hola –lo saludó.

–Hola –respondió Nomeacuerdo, algo turbado.

–¿Me ayudas a recoger?

–Sí, sí... claro.

Nomeacuerdo se sentía encantado de poder ayudar a aquella muchacha. Le iba dando uno a uno los muñecos y ella los metía con cuidado dentro de la maleta. Parecía que cada títere tenía un sitio asignado.

–Me llamo Flor y me dedico a hacer marionetas –dijo de pronto ella–. ¿Y tú?

–Yo... yo... –titubeó él–. Yo me dedico a escribir y tengo un problema.

–¿Qué problema?

–Se me olvidan las cosas. La frase que más veces repito a lo largo del día es «No me acuerdo».

–¡Qué risa! –sonrió ella.

–No creas que es muy gracioso –se quejó él.

–Te llamaré, entonces, Nomeacuerdo. ¡Ja, ja! Es un nombre precioso. Nomeacuerdo, Nomeacuerdo, Nomeacuerdo...

–¿Preguntas por mí? –sonrió también él, aceptando la broma.

Y desde ese día Nomeacuerdo comenzó a llamarse Nomeacuerdo.

Antes de abandonar el parque, Flor y Nomeacuerdo se sentaron un rato en la orilla del estanque, sobre la hierba.

La tarde era deliciosa. Las nubes se hacían jirones en el cielo y los últimos rayos de sol las teñían de rojo y de violeta. El cielo parecía un enorme jersey deshilachado.

Graznaba un cuervo en la rama de un árbol y los vencejos se elevaban en busca de una cama donde pasar la noche.

–¿Te gustan las marionetas? –preguntó Nomeacuerdo por decir algo.

–Me encantan –respondió Flor–. ¿Y a ti te gusta escribir?

–Me encanta –contestó Nomeacuerdo.

Los dos se rieron y luego permanecieron un rato en silencio.

De pronto, Flor abrió los ojos al máximo y la expresión de su cara cambió por completo. Su gesto revelaba al mismo tiempo sorpresa y emoción.

–¡Qué idea tan fantástica! –exclamó de pronto Flor.

Nomeacuerdo se encogió de hombros, dando a entender que no se estaba enterando de nada.

–¿Qué quieres decir?

–Siempre he soñado con hacer una función de marionetas.

–Pero eso es lo que haces...

–No, no. Me limito a hacerlas bailar. Pero mi sueño es hacer una auténtica función de marionetas, con personajes, con una historia interesante y divertida, con cambios de escenario, con diálogos...

–¡Ah, ya lo entiendo! –dijo Nomeacuerdo–. ¿Y por qué no lo haces?

–Me faltaba la obra. Pero ahora que te he conocido...

Flor no completó la frase y observó detenidamente a Nomeacuerdo. Él se encogió de hombros y luego arqueó sus cejas de una manera exagerada; por último, esbozó una sonrisa.

–¿Quieres decir que yo...? –comenzó a preguntar.

–Exacto –le interrumpió Flor–. Quiero decir que tú... podrías escribir la función.

A Nomeacuerdo no le desagradó la idea. Escribir le fascinaba y, además, escribir una función de teatro para marionetas le permitiría ver de nuevo a Flor. Tal vez de su relación surgiese una verdadera amistad.

–Podría hacerlo –respondió–. Imaginación no me falta, ni soltura, ni oficio, ni talento, ni calidad literaria, ni...

–¡Para, para! Ya me has convencido.

–¿De verdad?

–De verdad.

Nomeacuerdo no dio un salto de alegría porque en ese momento estaba sentado en el suelo.

2 *Una noche en vela*

Cuando se hizo de noche abandonaron el parque. Llevaban la maleta entre los dos, cada uno sujetándola por un extremo del asa.

Se despidieron bajo la marquesina de la parada de autobuses.

–Yo cojo el de la línea 22 –le dijo Flor–. ¿Y tú?

–No me acuerdo. Creo que me iré andando.

Antes de que llegase el autobús, Flor anotó su teléfono a Nomeacuerdo en uno de sus cuadernos. Él, como es lógico, no pudo hacer lo mismo, pues no recordaba el suyo.

–¿Me llamarás cuando hayas escrito la función?

–Sí.

–¿No se te olvidará?

–Seguro que eso no se me olvida.

Llegó el autobús de la línea 22 y Flor agarró la maleta con decisión. Antes de subir, Nomeacuerdo le preguntó:

–¿Somos amigos?

–Claro –respondió Flor.

Ella se montó en el autobús y se acomodó en un asiento, junto a la ventanilla. Agitó la mano para decirle adiós y, justo cuando el vehículo arrancaba, le dedicó una sonrisa de oreja a oreja.

Nomeacuerdo regresó andando a su casa. Se confundió de calle tres o cuatro veces y por eso tardó mucho tiempo en llegar. Pero no le importó demasiado, pues por el camino se le ocurrió una idea para la función de marionetas.

Le pareció una idea estupenda, que hablaba de la palabra que más emoción le causaba en esos instantes: amistad.

Cuando al fin encontró su calle, entró en un bar que estaba abierto. El camarero de aquel local se llamaba Miguel Ángel y eran amigos desde niños.

–¿Qué quieres tomar? –le preguntó Miguel Ángel.

–No me apetece nada. Solo quiero que me digas el número de mi casa. Ah, y si no te importa, dime también el piso y la letra de la puerta. Es que... no me acuerdo.

Miguel Ángel negó con la cabeza sin dejar de mirar al amigo. Por dentro pensaba que no tenía remedio, pero le escribió la información que pedía en una servilleta de papel.

–Número 45, piso tercero, letra B.

–Gracias, Miguel Ángel. Ahora me voy a casa, tengo que escribir una función de marionetas que se me ha ocurrido.

Nada más entrar en su piso descolgó el teléfono y marcó el número de Flor, que buscó en el cuaderno. Reconoció de inmediato su voz.

–¿Diga...?

–Soy Nomeacuerdo.

–¡Qué sorpresa! –exclamó Flor.

–Mientras regresaba a casa se me ha ocurrido una función para la idea –dijo un poco aturullado.

–¿Cómo?

–Quiero decir, una idea para la función. Voy a pasarme toda la noche en vela, escribiendo.

–No hace falta que te quedes sin dormir.

–Si no lo hago así, tal vez mañana se me haya olvidado.

–¿Y de qué va a tratar?

–Del tesoro más precioso del mundo.

–¡Bien! –gritó Flor–. Me encantan las historias de tesoros.

–Habrá una princesa, aunque todavía no sé cómo llamarla.

–¿Qué te parece Nariz de Pimiento?

–Sí, es un nombre adecuado para una princesa. Así se llamará.

–¿Y qué más personajes habrá? –Flor se llenaba de impaciencia a medida que hablaba con Nomeacuerdo.

–Un dragón.

–¡Bravo! ¡Tengo un dragón con una cinta en la cabeza de la que le salen dos grandes plumas!

–Lo llamaremos, entonces, Dragón Emplumado.

–¡Me encanta! –Flor dio un salto de alegría.

–Habrá un general.

–¡Matachinches! ¿Qué te parece ese nombre?

–¡Genial! –exclamó Nomeacuerdo–. Y un príncipe valiente y apuesto, que siempre irá montado en su caballo. Parecerán una misma cosa.

–¿Has dicho valiente y apuesto?

–Eso he dicho.

–¡Ya lo tengo! –Flor se estaba emocionando–. Se llamará Valiempuesto.

–Ese será su nombre.

–¿Y qué más?

–Habrá también dos rústicos: un hombre y una mujer.

–¿Qué te parece si los llamamos Bonifacio y Crispina?

–Me parecen los nombres más apropiados. Y, por último, una joven algo cándida e ingenua... –explicó Nomeacuerdo.

–Esa joven solo podría llamarse Catalina.

–Hecho.

–¿Y cuándo tendrás la función acabada?

–Creo que mañana.

–¡Mañana! ¡Sí que eres rápido escribiendo!

–Voy a escribir durante toda la noche sin parar. Si quieres, mañana por la tarde quedamos en el parque, junto al estanque, y podrás leerla.

–Por mí, de acuerdo. Pero... ¿no se te olvidará acudir a la cita?

–No. Pero, por si acaso, lo apuntaré en uno de mis cuadernos.

Luego se produjo un largo silencio. Cada uno podía escuchar la respiración del otro y sentir su presencia. Pero se habían quedado sin palabras y la situación resultaba un poco incómoda.

Finalmente, fue Flor la que dijo algo:

–Ha sido una suerte conocerte.

–Lo mismo pienso yo –añadió él.

–Hasta mañana, Nomeacuerdo. Y que no se te olvide.

–Hasta mañana, Flor. Descuida, no se me olvidará. Ya lo he apuntado en mi cuaderno: «Por la tarde, en el parque, junto al estanque, con mi amiga Flor».

–Oye, y ese tesoro de la historia... ¿será muy valioso?

–Se tratará del tesoro más precioso del mundo.

–Estoy deseando leer la función.

–Y yo estoy deseando escribirla.

–Pues no te entretengo más. Adiós, Nomeacuerdo.

–Adiós, Flor.

3 *Hace falta un narrador*

NOMEACUERDO se pasó toda la noche escribiendo sin parar. Escribió tanto que gastó un bolígrafo entero.

Justo cuando empezaba a amanecer, terminó la función. Entonces, respiró profundamente y abrazó el cuaderno contra su pecho. Se dejó caer sobre el sofá y se quedó dormido.

Se despertó a la hora de comer porque su estómago vacío comenzó a hacer ruidos. Sonaba tan fuerte que pensó que un rinoceronte corría espantado por el pasillo de su casa.

Se levantó del sofá y se preparó un plato de espaguetis y una ensalada. Mientras comía se sorprendió de que no se le hubiera olvidado la cita que tenía con Flor en el parque.

–¿Estaré recuperando la memoria? –se preguntó en voz alta.

Pero de inmediato se dio cuenta de que no se había olvidado de la cita con Flor porque, en realidad, no había dejado de pensar en ella ni un instante. Incluso, soñó con ella y con una sorprendente función de marionetas.

Se encontraron en el parque y, antes de que Nomeacuerdo pudiese decir algo, Flor le arrebató el cuaderno y comenzó a leer. La impaciencia le hacía comportarse así.

Nomeacuerdo la estuvo observando todo el tiempo sin perder detalle. Contemplaba sus dedos largos y finos sujetando el cuaderno y pasando las hojas, su cabello negro que le caía ondulado a ambos lados de la cara, la línea delicada de su perfil, sus labios sonrosados que se movían al leer, su mirada que parecía taladrar el papel escrito...

Flor leyó la función de un tirón, sin el más mínimo descanso, embelesada y cautivada. Cuando llegó a la última línea, esa que decía «Cae el telón», cerró el cuaderno y volvió su cabeza hacia Nomeacuerdo. Lo miró fijamente a los ojos.

–¿Te ha gustado? –preguntó él un poco cohibido, temiéndose una respuesta negativa.

–Estrenaremos la función el próximo domingo, pero tendremos que trabajar de lo lindo –los ojos de Flor adquirieron un brillo especial.

—¿Eso quiere decir que...?

—¿Aún lo dudas? ¡Me ha encantado! Gracias por escribirla.

Entusiasmada, Flor abrazó a Nomeacuerdo, que no salía de su asombro. Se sentía el ser más feliz del mundo.

—¡Cuánto me alegro! —balbució.

—Ahora les tocará a los espectadores descubrir cuál es el tesoro más precioso del mundo.

Esa misma tarde dibujaron el escenario. Sería muy sencillo: una tela negra al fondo y algunos objetos recortados en cartón que ayudarían a situar el ambiente de cada escena, como un árbol, una puerta, una ventana enrejada...

Algunas marionetas de las que Flor utilizaba para bailar servirían para la función, como el dragón o la princesa; otras, tendrían que hacerlas.

Su entusiasmo era tan grande que no encontraban dificultades.

De pronto, Flor se quedó un instante pensativa, chascó los dedos de sus manos, como si se le hubiese ocurrido alguna idea, y se volvió a Nomeacuerdo.

—Creo que a esta función le vendría bien un narrador.

–¿Qué quieres decir? –preguntó en seguida Nomeacuerdo.

–Y tú podrías hacer de narrador –continuó Flor, como si tal cosa.

–¿Yo?

–Te resultará muy fácil escribir un pequeño texto para el narrador. Con tu imaginación y tu talento lo harías en un periquete.

–Sí, podría escribirlo, pero no entiendo lo que quieres decir.

–Al principio de la función te colocarías delante del escenario, entre las marionetas y el público, y harías una pequeña introducción. ¡Ya me lo estoy imaginando!

–¿Tú crees que mejoraría la obra? –Nomeacuerdo no las tenía todas consigo.

–Por supuesto. Además, para que resulte más teatral, podrías disfrazarte de..., de...

–De... ¿qué?

–De duende.

–No me veo yo de duende.

–Pues de león.

–Tampoco me veo de león.

–Pues de perrito caliente.

–Odio los perritos calientes.

–Pues... ¡ya lo tengo! Te disfrazarás de viejo. De viejo muy viejo requeteviejo. Como serás tan viejo, te fallará un poco la memoria y, por supuesto, te llamarás Nomeacuerdo.

Flor no dio más opción a Nomeacuerdo, quien al final aceptó a regañadientes su nuevo cometido.

–Seré incapaz de recordar lo que tengo que decir –rezongaba él.

–Llevarás una chuleta en la mano y cuando se te olvide el texto, la leerás con disimulo. No importa que el público se dé cuenta, así resultará más gracioso.

–¿Tú crees?

–Te aplaudirán a rabiar.

–Pero no soy actor.

–No importa. Estoy segura de que lo harás muy bien.

–Esta noche escribiré un pequeño texto para el narrador –se resignó Nomeacuerdo.

4 Día D: *domingo*

TRABAJARON sin descanso hasta el domingo.

Con unos listones de madera y con tela, Nomeacuerdo levantó un precioso escenario, que podía armarse y desarmarse en cualquier lugar. Mientras, Flor construyó las marionetas que faltaban para completar los personajes de la función.

–Repintaremos la nariz de la princesa Nariz de Pimiento con pintura anaranjada y peinaremos un poco a Dragón Emplumado –comentaba Flor, mientras limpiaba con un trapo sus pinceles.

–Al general Matachinches le colgaremos unas medallas en el pecho –decía Nomeacuerdo mientras abría una caja de galletas porque sentía hambre–. Se me está ocurriendo una idea: podemos forrar unas galletas con papel de plata para que parezcan medallas.

El sábado lo tenían todo preparado. Solo les faltaba aprenderse el texto de la función.

–No, no y no –se lamentaba Nomeacuerdo una y otra vez–. Es imposible. No puedo memorizarlo. Se me olvidará, estoy seguro.

–Recuerda que llevarás una chuleta.

–Me pondré tan nervioso que me olvidaré hasta de que llevo una chuleta.

–Ahora no puedes volverte atrás.

–Todo saldrá fatal por mi culpa. Creo que no ha sido buena idea lo del narrador. Podemos quitarlo.

–¡De ninguna manera! –Flor no daba su brazo a torcer.

Se pasaron el resto del día y parte de la noche estudiando el texto de la función. Flor tenía una memoria excelente y no tardó en aprenderlo entero. Nomeacuerdo parecía que se lo sabía, pero al momento se olvidaba de todo, a pesar de que él mismo lo había escrito.

Con letra muy clara hicieron la chuleta en una hoja del cuaderno de Nomeacuerdo. Allí estaba todo el texto que tenía que decir.

–Llevarás el papel en la mano –le explicaba Flor–. No te preocupes por que la gente te vea leer. Al contrario, así resultará más gracioso. Como harás de viejo desmemoriado, no importará que te equivoques o te saltes alguna frase.

Nomeacuerdo resoplaba y no dejaba de negar con la cabeza. Había disfrutado mucho escribiendo aquella obra para las marionetas de Flor, pero verse involucrado dentro de ella, como un personaje más, no le hacía ninguna gracia.

–Me pondré muy nervioso –seguía buscando excusas.

–Mejor.

Flor no veía dificultades por ninguna parte.

Y llegó el domingo.

Flor y Nomeacuerdo se levantaron temprano. Él cargó desde su casa con el decorado y ella, desde la suya, con la maleta llena de muñecos.

Se encontraron en el parque.

–Hemos tenido suerte –dijo ella nada más verlo.

–¿Por qué?

–Hace un día espléndido. El parque se llenará de gente.

–¡Qué horror! –Nomeacuerdo sentía que los nervios se apoderaban sin remedio de todo su cuerpo.

Montaron el escenario en un periquete entre dos árboles, buscando un poco de sombra. Ella abrió la maleta y comenzó a sacar muñecos.

–Vamos, vamos –le apremió–. ¿A qué esperas? Ponte el disfraz de viejo muy viejo reviejo.

Él le hizo caso y se puso el disfraz: ropas de viejo, un bastón de viejo, unas gafas de viejo, una peluca blanca de viejo, una máscara de viejo...

–¿Qué tal estoy? –preguntó al final.

–Fantástico.

Cuando lo tenían todo preparado, sin abandonar la protección de la tela del decorado que los ocultaba del público, Flor conectó el radiocasete y el aire cálido de la primavera se llenó de alegres sones. Como por arte de magia, la gente que paseaba por los alrededores comenzó a acercarse y a formar un corro.

Flor miró por un agujero de la tela y dio un salto de alegría.

–¡Cuánta gente! –exclamó.

–¡Oh, no! –Nomeacuerdo se echó a temblar–. ¿Dónde está mi chuleta?

–La tienes en la mano.

–¿En qué mano?

–¿En la derecha?

–Espero que no se me olvide que la tengo en la derecha.

Aguardaron unos minutos hasta que el grupo de gente se hizo muy numeroso. Se veían adultos y algunos ancianos, pero sobre todo muchos niños, que se habían sentado en el suelo frente al escenario.

–Contaré hasta tres y comenzaremos la función –le dijo Flor a Nomeacuerdo.

–¡Qué nervios!

Entonces ella se acercó a él, le levantó la máscara de viejo y le dio un sonoro beso. Luego le volvió a colocar la máscara, por eso no pudo ver la cara de sorpresa y satisfacción que puso.

Y contó hasta tres.

–Uno... dos... ¡Tres!

Sin dudarlo, Flor dio un empujón a Nomeacuerdo y lo lanzó al otro lado del escenario. Lo malo fue que él tropezó y a punto estuvo de caerse al suelo. Tuvo que hacer una pirueta para mantener el equilibrio. Al público le hizo mucha gracia y comenzó a aplaudir.

La función acababa de empezar.

SEGUNDA PARTE

La función

Cuadro 1

NOMEACUERDO, después del tropezón, se incorpora. Mira hacia el público, a un lado y a otro, como si observase algo. Luego se fija en su chuleta con disimulo.

NOMEACUERDO: ¿Estáis todos? ¿Se han sentado ya los rezagados?

(Vuelve a mirar su chuleta. No consigue calmarse. Mira su reloj.)

Ya... ya... es hora de comenzar.

(Se aclara la garganta, respira hondo. Parece más tranquilo.)

Niños pequeños y niños grandes, ha llegado el gran momento. Pero antes de nada, tendré que presentarme; es lo que dictan las normas de buena educación.

(Se detiene a propósito, como si con su forzado silencio pretendiera crear una pequeña intriga.)

No me llamo Antonio, ni Pedro, ni Álvaro, ni Juan... Mi nombre empieza por *N* de *natillas* y acaba por *O* de *ornitorrinco*. Y no es Norberto, ni Nicasio, ni Narciso, ni Nicéforo. Yo me llamo...

(Sonríe, como si se sintiera satisfecho de tener un nombre que nadie puede adivinar.)

... Yo me llamo Nomeacuerdo. ¡Nomeacuerdo! Así me llamo. No es que no me acuerde de mi nombre. Solo un tonto podría olvidarse. Lo recuerdo perfectamente: me llamo Nomeacuerdo. No... mea... cuerdo... ¡Nomeacuerdo! Así se llamaba mi padre, así se llamaba mi abuelo, así se llamaba mi bisabuelo. Me llamo Nomeacuerdo y soy viejo, muy viejo, requeteviejo. Aquí donde me veis, soy más viejo que la tos, que el peinado con raya en medio, que los dragones emplumados...

(Por un extremo del escenario aparece DRAGÓN EMPLUMADO, con sus dos plumas en la cabeza, a la manera de los indios.)

DRAGÓN EMPLUMADO: ¿Me has llamado, Nomeacuerdo?

NOMEACUERDO: No te he llamado.

DRAGÓN EMPLUMADO: Me pareció oír mi nombre.

NOMEACUERDO: Pronuncié tu nombre, pero no te he llamado. Vuelve a tu sitio, todavía no ha llegado tu turno.

DRAGÓN EMPLUMADO: *(Negando con la cabeza.)* ¿Cómo es posible que pronuncien tu nombre y no te llamen? Este Nomeacuerdo cada día está más viejo. Es más viejo que la tos, que el peinado con raya en medio y que...

NOMEACUERDO: ¡Vuelve a tu sitio, Dragón Emplumado!

DRAGÓN EMPLUMADO: ¡Ya voy! ¡Ya voy!

(Se retira DRAGÓN EMPLUMADO y continúa NOMEACUERDO, que vuelve a mirar la chuleta.)

NOMEACUERDO: ¿Por dónde íbamos? Veamos... ¡Ah, sí, ya me acuerdo!

(Vuelve a aclararse la garganta.)

Niños, niñas, gente de bien... en seguida va a comenzar la función. Por ello, os voy a pedir cosas que ya nadie pide: un poco de silencio y un poco de atención. Sí, he dicho «un poco de silencio y un poco de atención». Solo así se producirá la magia milenaria y los personajes cobrarán vida una vez más en el escenario. Solo así podremos conocer la increíble historia de la princesa Nariz de Pimiento...

(*La princesa* NARIZ DE PIMIENTO *asoma por un extremo del escenario.*)

NARIZ DE PIMIENTO: (*Presumida y algo cursi.*) Hola, estoy aquí.

NOMEACUERDO: ¿Quién te ha dado permiso para entrar?

NARIZ DE PIMIENTO: Te he oído pronunciar mi nombre y he creído que...

NOMEACUERDO: ¡He creído..., he creído...! ¿Para qué han servido todas las horas que nos hemos dedicado a ensayar?

NARIZ DE PIMIENTO: Yo pensaba...

NOMEACUERDO: ¡Yo pensaba..., yo pensaba...! Nadie puede saltarse las reglas. Ahora me toca hablar a mí. Vuelve a tu sitio y espera.

NARIZ DE PIMIENTO: ¡Qué genio!

NOMEACUERDO: (*Al público.*) No penséis que somos una compañía de títeres un poco chapucera. Solo se ha tratado de un despiste de la prince... ¡No, no! No volveré a pronunciar su nombre, no vaya a ser que entre de nuevo en el escenario. Os aseguro que nos tomamos muy en serio nuestro trabajo. Y lo hacemos así porque nuestra vida depende de nuestro trabajo. Si no trabajamos, no existimos. Todos hemos nacido en un escenario y nos gustaría seguir aquí la vida entera, a pesar de los televisores, a pesar de las prisas, a pesar de las *pleiesteision*, a pesar de los partidos de fútbol y a pesar de todos los pesares.

(Se lleva las manos a la cabeza. Mira la chuleta.)

Pero... ¿qué estoy diciendo? ¡Me he salido del guión! ¿Qué van a pensar de mí Dragón Emplumado y la princesa Nariz de Pimiento?

(Asustado, vuelve la cabeza hacia el escenario.)

Creo que esta vez no se han dado por aludidos.

(Se dirige de nuevo al público.)

Estáis esperando con impaciencia el comienzo de la función, ¿no es así?

(Se aclara por tercera vez la voz.)

Niños pequeños, niñas pequeñas, niños medianos, niñas medianas, niños mayores, niñas mayores... un poco de silencio y un poco de atención. Que se callen los motores de los coches, los zumbidos de las máquinas tragaperras, las melodías estridentes de los teléfonos móviles, que los mosquitos trompeteros dejen de zumbar y que los ratones dejen de roer las patas de las sillas. ¡Ah! Y que nadie se tire pedetes, ni sonoros ni olorosos. ¡Va a empezar la función! Y ahora nuestros fantásticos actores necesitan una señal para comenzar a actuar. ¿Queréis ayudarme a darles la señal? Lo único que tenéis que hacer es aplaudir muy fuerte. Solo eso, así de sencillo.

(Comienza a aplaudir e invita al público a hacerlo también. Luego se retira.)

Cuadro 2

La princesa NARIZ DE PIMIENTO entra cantando una canción.

NARIZ DE PIMIENTO: ¡Tra-la-rala-la-la! Soy la princesa Nariz de Pimiento. Tengo un palacio rodeado de jardines, tengo una corona de oro, tengo unos zapatos de cristal irrompible que resisten hasta el microondas, tengo una carroza tirada por doce caballos blancos y tengo un Ferrari Testarossa. ¡Tra-la-rala-la-la! Me gusta pasear por mis jardines, entre mis árboles frutales. Me gusta oler mis flores y, de vez en cuando, comerme una manzana.

(Se detiene ante un árbol que no tiene ningún tipo de fruto, y grita.)

¡Horror! Ayer este árbol se encontraba lleno de manzanas. ¿Dónde están mis manzanas? ¡Han desaparecido! Llamaré inmediatamente a mi general para que me dé una explicación.

Y más vale que la explicación me convenza, porque si no...

(Lo llama a gritos.)

¡General Matachinches! ¡General Matachinches!

(Al público.)

El general Matachinches cada día está más sordo. ¿Por qué no me ayudáis a llamarlo? ¡General Matachinches! ¡General Matachinches!

(Por fin aparece el general MATACHINCHES, con su uniforme lleno de medallas.)

MATACHINCHES: ¿Me llamabas, princesa Nariz de Pimiento?

NARIZ DE PIMIENTO: *(Al público.)* ¡Y aún lo pregunta!

(Al general.)

Te he dicho mil veces que te compres un sonotone para que puedas oír mejor.

MATACHINCHES: Ya tengo uno.

(Le muestra una oreja a la princesa.)

Mira, mira, aquí, dentro de la oreja.

NARIZ DE PIMIENTO: *(Mira.)* ¡Pues es verdad! Entonces... ¿por qué no me oyes?

MATACHINCHES: Porque lo tengo apagado para que no se me gasten las pilas.

NARIZ DE PIMIENTO: Este general tiene cosas de sargento chusquero.

(Al general, gritándole.)

Quiero saber qué ha sido de mis manzanas. Ayer este árbol estaba lleno.

(El general MATACHINCHES mira el árbol de cerca, luego se retira y vuelve a observarlo con detenimiento.)

¿Por qué te retiras?

MATACHINCHES: Porque de cerca no veo bien. Tengo la vista cansada y, por más que me echo la siesta todos los días, no consigo que mi vista descanse.

NARIZ DE PIMIENTO: *(Para sí.)* ¡Qué desastre de general! De seguir así, me veré obligada a nombrarle primer ministro.

(Al general.)

¿Qué explicación puedes darme?

MATACHINCHES: Pues... que todas las manzanas han desaparecido.

NARIZ DE PIMIENTO: *(Irritada.)* ¡Eso ya lo sé! ¡Quiero que investigues y que descubras quién me ha robado las manzanas!

MATACHINCHES: A la orden, princesa Nariz de Pimiento. Ahora mismo me pondré manos a la obra y te aseguro que descubriré al culpable y...

NARIZ DE PIMIENTO: Más te vale.

(*El general MATACHINCHES sale y la princesa NARIZ DE PIMIENTO continúa su paseo.*)

¡Tra-la-rala-la-la! Tengo un huerto precioso, lleno de lechugas, de zanahorias, de pimientos, de tomates... Y en un rincón de mi huerto tengo una mata de fresas. Son las fresas más ricas que podáis imaginaros. Solo de pensar en ellas se me hace la boca agua. Creo que me comeré unas pocas.

(*Se acerca a la mata de fresas y grita horrorizada.*)

¡Oh, no!

(*Pasea nerviosa de un lado a otro, desesperada.*)

Ayer esta mata estaba repleta de fresas y hoy... ¡han desaparecido todas!

(*Grita con todas sus fuerzas.*)

¡¡¡General Matachinches!!!

(*Entra corriendo el general MATACHINCHES y se choca contra la princesa NARIZ DE PIMIENTO.*)

Pero... ¿qué haces? ¿Es que no me ves?

MATACHINCHES: Perdona, princesa, es... es... la vista cansada.

Nariz de Pimiento: ¡Te voy a dar yo a ti vista cansada!

Matachinches: Si me subieras un poco el sueldo podría comprarme unas gafas...

Nariz de Pimiento: ¡Te voy a dar yo a ti gafas!

Matachinches: Y así no confundiría a un elefante con un tanque, ni me chocaría contra las farolas y las princesas, ni...

Nariz de Pimiento: ¡Basta de quejas o te quitaré dos medallas!

Matachinches: *(Se dirige al público.)* A veces se vuelve autoritaria y caprichosa, como todas las princesas; pero en el fondo es buena persona. La conozco desde que nació. Cuando era pequeña jugábamos a la guerra: ella hacía de general y yo de caballo. La llevaba corriendo de un lado a otro sobre mis hombros...

Nariz de Pimiento: ¿Se puede saber con quién estás hablando?

Matachinches: *(Disimula.)* Es que... últimamente hablo solo, princesa Nariz de Pimiento.

Nariz de Pimiento: ¡Lo que me faltaba por oír!

(Le señala la mata de fresas.)

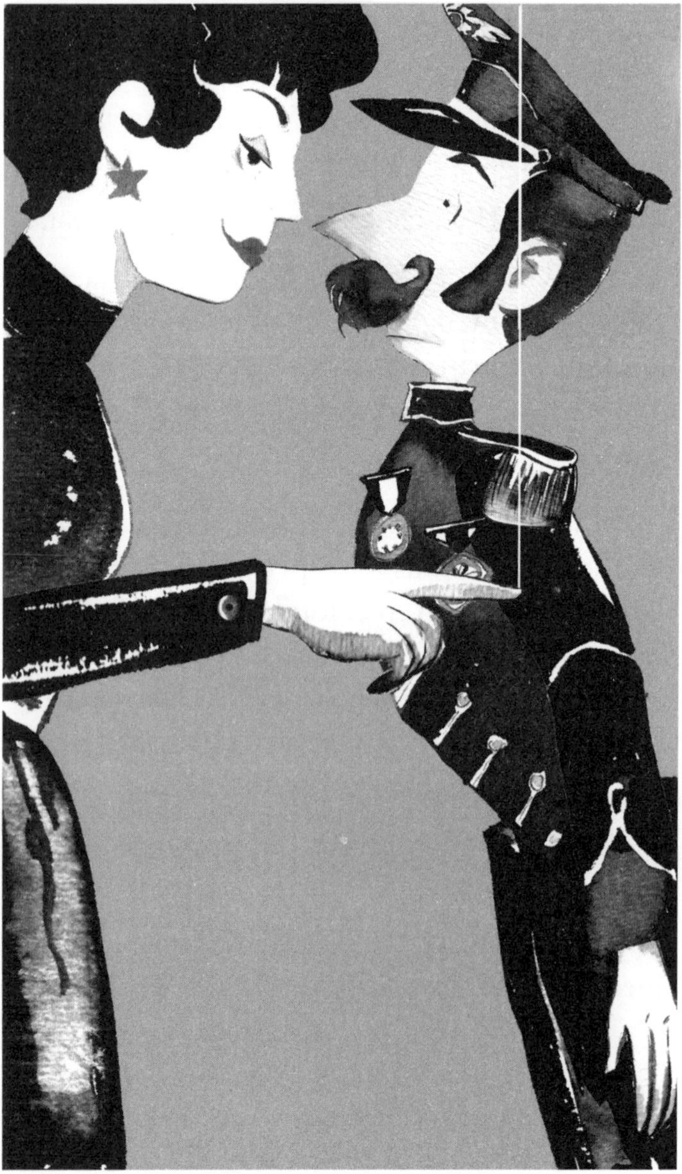

Mira esta mata de fresas.

(*El general MATACHINCHES se acerca a la mata y luego se aleja. Repite la operación varias veces.*)

MATACHINCHES: Sí..., creo que ya la veo.

NARIZ DE PIMIENTO: ¿Y qué ves?

MATACHINCHES: Veo..., veo... una mata de fresas sin fresas.

NARIZ DE PIMIENTO: Eso es lo que quería oír. ¿Y dónde están las fresas?

MATACHINCHES: ¿Dónde están...? Me temo que en los jardines de palacio haya un ladrón.

NARIZ DE PIMIENTO: (*Grita, histérica.*) ¡Quiero que lo encuentres! ¡Quiero que lo detengas! ¡Quiero que lo llenes de cadenas! ¡Quiero que lo encierres en las mazmorras oscuras de los sótanos! ¡Quiero que...!

MATACHINCHES: (*Con resolución.*) Encontraré al ladrón, lo detendré, le llenaré de cadenas y lo encerraré en las mazmorras oscuras de los sótanos.

NARIZ DE PIMIENTO: Así me gusta que hables. Si lo consigues, te daré una medalla más.

MATACHINCHES: Puedes ahorrarte la medalla, princesa Nariz de Pimiento.

Nariz de Pimiento: *(Asombrada.)* ¿Rechazas mis medallas?

Matachinches: Es que por culpa del peso de las medallas se me ha torcido la columna vertebral y...

Nariz de Pimiento: ¡Qué calamidad!

Matachinches: Cumpliré mejor con mi deber si sé que no vas a recompensarme con una medalla.

Nariz de Pimiento: ¡Fuera de mi vista! Ya tendrías que haber encontrado al ladrón.

Matachinches: A tus órdenes, princesa Nariz de Pimiento.

(El general MATACHINCHES se retira hacia un extremo, cojeando.)

Nariz de Pimiento: ¿Por qué cojeas ahora?

Matachinches: Del golpetazo que me he dado contigo, me he hecho daño en una rodilla. He debido de romperme el menisco.

(Sale el general MATACHINCHES.)

Nariz de Pimiento: *(Al público.)* A pesar de que no oye, no ve, se le tuerce la columna vertebral y ha empezado a cojear, estoy segura de que Matachinches encontrará al ladrón. Nunca me ha fallado, por eso es mi general.

(Camina de nuevo.)

Y ahora continuaré el paseo por los jardines y huertos de mi palacio. Creo que para calmar un poco mis nervios me acercaré hasta el Estanque de Plata.

(Suspira.)

¡Ah! ¡El Estanque de Plata! No existe nada en el mundo comparable al Estanque de Plata. Me lo regaló mi abuelo, Narizotas VI, cuando cumplí un añito. El agua que llena el estanque es la más pura y limpia que existe en el mundo; la trajeron desde más allá del Extremo Oriente, con mucho cuidado, para que no se derramase ni una sola gota. Es un agua mágica que refleja a las personas con una claridad absoluta, sorprendente, maravillosa.

(De pronto se detiene y observa algo. Grita.)

¡¡¡Ahhhhhhh!!! ¡Va a darme un patatús! ¡El Estanque de Plata está vacío!

(A la princesa NARIZ DE PIMIENTO le da un patatús y cae al suelo. Entra un poco alterado el general MATACHINCHES, mirando a un lado y a otro.)

MATACHINCHES: Me ha parecido oír... ¿Se tratará del ladrón de manzanas y fresas?

(Tropieza con la princesa NARIZ DE PIMIENTO.)

¿Qué es esto? Si eres el ladrón, date preso.

(*Mira de cerca a la Princesa, luego de lejos. Por fin la reconoce.*)

¡Princesa Nariz de Pimiento! ¿Qué te ha sucedido?

(*Al público.*)

Me parece que a la princesa Nariz de Pimiento le ha dado un patatús. Tendré que cargar con ella, como cuando jugábamos a la guerra, y llevarla al médico.

(*Carga con la princesa con mucha dificultad.*)

¡Cómo pesa! Ha engordado mucho desde que jugábamos a la guerra y yo hacía de caballo.

(*Con la princesa a cuestas, andando despacio, comienza a salir por un lateral del escenario.*)

Mi columna vertebral se va a quedar hecha un churro. No creo que pueda volver a ponerme derecho durante el resto de mi vida.

(*A la princesa, que sigue inconsciente sobre sus hombros.*)

¡Princesa! ¡Princesita! ¡Despierta, princesa! ¡Vas a dejarme baldado!

(*Sale el general MATACHINCHES con la princesa a cuestas.*)

Cuadro 3

Por un extremo del escenario asoma la cabeza de DRAGÓN EMPLUMADO. Mira a un lado y a otro. Entra con sigilo.

DRAGÓN EMPLUMADO: Parece que no hay nadie por aquí. No veo a la princesa Nariz de Pimiento ni al general Matachinches.

(Vuelve la cabeza y llama a alguien.)

¡Eh, Bonifacio! ¿Dónde te has metido? ¡Bonifacio!

(Entra Bonifacio, un hombre rústico; viste con humildad, con ropas remendadas.)

BONIFACIO: Estoy aquí, Dragón Emplumado.

DRAGÓN EMPLUMADO: Te dije que no te apartaras de mí.

BONIFACIO: Me quedé un rato mirando los jardines. Nunca había visto nada tan bonito.

DRAGÓN EMPLUMADO: Vamos a lo que vamos, no te distraigas.

Bonifacio: Perdona, estaré muy atento.

Dragón Emplumado: Me dijiste que necesitabas una carretilla, ¿no es eso?

Bonifacio: Claro. Soy albañil y construyo casas. La última carretilla que tenía se deshizo de vieja. No puedo trabajar sin una, porque los materiales...

Dragón Emplumado: No hace falta que me des más explicaciones.

(Le señala hacia un lugar.)

¿Ves esa caseta?

Bonifacio: La veo.

Dragón Emplumado: Está llena de carretillas. Coge la que más te guste, pero date prisa. No me fío ni un pelo del general Matachinches.

(BONIFACIO sale por el extremo opuesto. DRAGÓN EMPLUMADO permanece atento, vigilante.)

¡Qué vida esta! No gano para sobresaltos. Sí, ya sé que está feo lo que hago, pero este hombre necesita una carretilla para trabajar, y así poder alimentar a su familia. Pero... ¿por qué tarda tanto? ¡Bonifacio, date prisa!

(Entra BONIFACIO con una carretilla.)

Bonifacio: Había tantas que no sabía cuál elegir.

Dragón Emplumado: Deprisa. Tienes que salir cuanto antes de aquí.

Bonifacio: Con esta carretilla podré trabajar de nuevo. Gracias, Dragón Emplumado.

Dragón Emplumado: ¡Vamos, largo de aquí!

Bonifacio: Si algún día quieres que te haga una casa, no tienes más que decírmelo.

Dragón Emplumado: Los dragones emplumados no necesitamos casas, vivimos en cuevas.

Bonifacio: Bueno, pues si algún día quieres que te reforme la cueva, que te ponga tarima flotante en el suelo, o que te haga un cuarto de baño, o que...

Dragón Emplumado: ¡¿Quieres marcharte de una vez?!

Bonifacio: Ya me voy, ya me voy.

(Por fin sale Bonifacio. Dragón Emplumado sigue inquieto, mirando a un lado y a otro. Se va a marchar, pero de pronto se encuentra con una mujer de las características de Bonifacio. Se sorprende.)

DRAGÓN EMPLUMADO: ¿Quién eres tú?

CRISPINA: Soy Crispina.

DRAGÓN EMPLUMADO: ¿Y qué haces aquí? ¿No sabes que es muy peligroso entrar en este lugar?

CRISPINA: Sí, lo sé. Pero necesito algo de comida para alimentar a mi familia. Llevamos tres días sin comer decentemente.

DRAGÓN EMPLUMADO: *(Molesto.)* A vosotros os parece muy sencillo que Dragón Emplumado pueda ayudaros. Pues sabéis lo que os digo: ¡estoy harto! Cada vez me ponéis en más compromisos. Un día me pillarán y... y... ¡Pero no te quedes ahí como un pasmarote!

CRISPINA: *(Desconcertada.)* Estoy esperando que me digas lo que he de hacer.

DRAGÓN EMPLUMADO: *(Señalando algo.)* ¿Ves ese huerto?

CRISPINA: Sí.

DRAGÓN EMPLUMADO: Pues entra en él y arranca un par de coliflores.

CRISPINA: *(Sale hacia el huerto.)* ¡Con lo que me gustan las coliflores!

Dragón Emplumado: *(Habla para sí.)* Cualquiera que me vea pensará que soy un vulgar ladronzuelo de poca monta.

(Entra CRISPINA con dos coliflores.)

Crispina: Mira qué pinta tienen.

Dragón Emplumado: *(Nervioso.)* Vamos, vamos, vete ya.

Crispina: Gracias, Dragón Emplumado; si no fuera por ti... Cuando cueza las coliflores puedes venir a mi casa y te serviré un buen plato.

Dragón Emplumado: No, gracias, las coliflores me producen flatulencia, y no hay nada peor en el mundo que un dragón emplumado flatulento. Que os aprovechen. ¡Márchate de una vez!

(Sale CRISPINA. DRAGÓN EMPLUMADO mira a un lado y a otro antes de marcharse también.)

No gana uno para sobresaltos.

Cuadro 4

Entra en escena el general MATACHINCHES *con una escopeta. Parece que está buscando algo. Se acerca y se aleja constantemente, como si así viese mejor las cosas.*

MATACHINCHES: Tengo una corazonada. Y a mí nunca me fallan las corazonadas. Estoy seguro de que el ladrón de las manzanas, de las fresas, del agua mágica del Estanque de Plata... caerá pronto en mis garras. Ningún vulgar ladrón ha escapado al general Matachinches.

(Algo le llama la atención. Se acerca y se aleja.)

¡Eh! ¿Qué es eso? No distingo muy bien de qué se trata, pero algo se acerca. Es... grande y camina sigilosamente. Me esconderé para que no me vea y así podré sorprenderlo.

(Sale el general MATACHINCHES *y entra* DRAGÓN EMPLUMADO, *quejándose.)*

Dragón Emplumado: No paran de pedir. Ahora quieren aspirinas para el dolor de muelas y jarabe para la tos. Tendré que entrar en el palacio y buscar un botiquín. Cada vez me resulta más difícil.

Voz de Matachinches: ¿Quién anda ahí?

Dragón Emplumado: ¡Me han descubierto! Saldré corriendo antes de que me pillen.

(Dragón Emplumado echa a correr.)

Voz de Matachinches: ¡Alto o disparo!

(Dragón Emplumado se detiene en seco.)

Dragón Emplumado: ¡Estoy perdido!

(Entra el general Matachinches con su escopeta.)

Matachinches: ¡Manos arriba!

(Dragón Emplumado levanta los brazos.)

Dragón Emplumado: No dispares.

Matachinches: ¡Ya te tengo! ¡Ja, ja, ja! Nadie escapa a Matachinches, a pesar de que no veo tres en un burro, oigo menos que una tapia y camino retorcido como un ocho.

(Se acerca y se aleja de Dragón Emplumado.)

¿Quién eres? Responde o te hago un agujero en la barriga.

Dragón Emplumado: Soy Dragón Emplumado.

Matachinches: ¿Eh? ¿Qué has dicho? Habla más fuerte, que no te oigo.

Dragón Emplumado: *(Gritando.)* ¡Soy Dragón Emplumado!

Matachinches: ¿Ladrón Enmascarado?

Dragón Emplumado: *(Grita más.)* ¡No, no! ¡He dicho Dragón Emplumado!

Matachinches: ¿Melón Pintarrajeado?

Dragón Emplumado: ¡¡¡Dragón Emplumado!!!

Matachinches: ¿Vagón Averiado?

Dragón Emplumado: ¡¡¡Dragón Emplumado!!!

Matachinches: Pues date preso, quienquiera que seas. Te acuso de haber robado las manzanas de la princesa Nariz de Pimiento, y las fresas, y el agua mágica del Estanque de Plata, y muchas cosas más que ahora no recuerdo. Te encerraré en las mazmorras de los sótanos del palacio. Y te pondré unas cadenas muy gordas para que no puedas escapar.

DRAGÓN EMPLUMADO: *(Triste.)* Lo hice porque...

MATACHINCHES: ¡Vamos! ¡Andando! Y como bajes las manos, apretaré el gatillo de mi escopeta. ¡Andando! ¡Uno, dos! ¡Uno, dos! ¡Uno, dos!

(Sale DRAGÓN EMPLUMADO con los brazos en alto seguido del general MATACHINCHES, que no deja de apuntarlo.)

Cuadro 5

DRAGÓN EMPLUMADO está encadenado en las mazmorras del palacio. Se lamenta en voz alta.

DRAGÓN EMPLUMADO: ¡Qué desdichado soy! Ahora pasaré el resto de mi vida encadenado en esta mazmorra oscura y llena de humedad, con la única compañía de los ratones y de las cucarachas. ¡Y me dan miedo los ratones y las cucarachas! Pero la pena más grande que siento es que no podré seguir ayudando a esa pobre gente. Sin mi colaboración no lograrán robar manzanas, ni fresas, ni coliflores, ni el agua mágica del Estanque de Plata...

(Entra la princesa NARIZ DE PIMIENTO.)

NARIZ DE PIMIENTO: He oído todo lo que has dicho. Así que... ¿te declaras culpable?

DRAGÓN EMPLUMADO: Lo hice porque la gente de tu reino es pobre y...

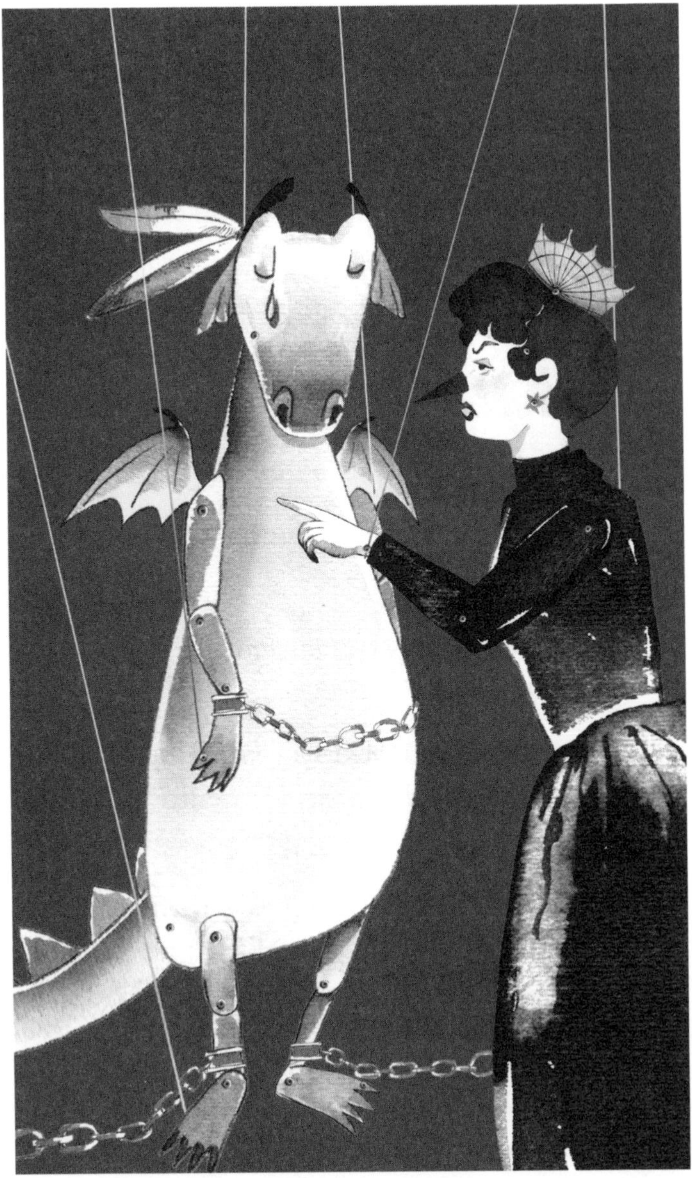

Nariz de Pimiento: ¡Tonterías!

Dragón Emplumado: No son tonterías.

Nariz de Pimiento: ¡Embustes!

Dragón Emplumado: No son embustes.

Nariz de Pimiento: ¿A quién va a creer la gente: a la princesa Nariz de Pimiento o a un simple dragón emplumado? ¿Quieres que preguntemos a esas personas que andan por ahí?

(Señala y se dirige al público.)

Decidme, amigas y amigos, ¿creéis a la princesa o creéis al dragón?

(El público, como es de imaginar, se inclinará por Dragón Emplumado.)

Dragón Emplumado: *(Satisfecho.)* ¿Te das cuenta, princesa Nariz de Pimiento? Todo el mundo lo sabe.

Nariz de Pimiento: Creo que me está pasando lo mismo que al general Matachinches: no oigo nada. A lo mejor se me ha formado un tapón dentro de la oreja.

Dragón Emplumado: Los tapones se quitan con agua y jabón.

Nariz de Pimiento: ¡A callar, insolente! Y ahora confiesa la verdad: ¿has robado mis manzanas?

Dragón Emplumado: Lo hice porque...

Nariz de Pimiento: ¿Has robado mis fresas?

Dragón Emplumado: Esa gente necesitaba...

Nariz de Pimiento: ¿Has robado mi carretilla, mis coliflores...?

Dragón Emplumado: Sí.

Nariz de Pimiento: (*Adopta un aire más severo.*) ¿Has robado el agua de mi Estanque de Plata?

Dragón Emplumado: Sí.

Nariz de Pimiento: Pues pagarás por ello.

Dragón Emplumado: Si salieras más del palacio...

Nariz de Pimiento: ¿Es que no sabías que el agua de mi Estanque de Plata es el tesoro más precioso del mundo?

Dragón Emplumado: Lo sabía.

Nariz de Pimiento: Entonces... ¿Por qué lo has hecho?

DRAGÓN EMPLUMADO: Un tesoro se convierte en el más precioso del mundo solo cuando sirve a mucha gente.

NARIZ DE PIMIENTO: ¿Dónde está el agua mágica de mi Estanque de Plata?

DRAGÓN EMPLUMADO: Yo no la tengo.

NARIZ DE PIMIENTO: ¿La has robado para alguien?

DRAGÓN EMPLUMADO: Sí.

NARIZ DE PIMIENTO: Dime su nombre.

DRAGÓN EMPLUMADO: No puedo.

NARIZ DE PIMIENTO: ¿Por qué no puedes?

DRAGÓN EMPLUMADO: Traicionaría nuestra amistad.

(*La princesa NARIZ DE PIMIENTO se queda pensativa, como si algo la hubiera sorprendido.*)

NARIZ DE PIMIENTO: ¿«Amistad», has dicho?

DRAGÓN EMPLUMADO: Eso mismo.

NARIZ DE PIMIENTO: (*Para sí.*) Mucho he oído hablar de esa palabra: amistad, amistad... No sé lo que significa. Tal vez Dragón Emplumado lo sepa.

(*A DRAGÓN EMPLUMADO.*)

¿Qué es «amistad»?

DRAGÓN EMPLUMADO: Un tesoro.

NARIZ DE PIMIENTO: ¿Precioso?

DRAGÓN EMPLUMADO: Más que el agua mágica del Estanque de Plata.

NARIZ DE PIMIENTO: ¿Estás seguro?

DRAGÓN EMPLUMADO: Completamente.

NARIZ DE PIMIENTO: Dime: ¿dónde se encuentra ese tesoro?

DRAGÓN EMPLUMADO: Cada uno tiene que descubrirlo por sí mismo.

(La princesa niega con la cabeza.)

NARIZ DE PIMIENTO: *(Para sí.)* Este Dragón Emplumado me está tomando el pelo. No dice más que pamplinas. Me preocuparé de lo que más me interesa.

(A DRAGÓN EMPLUMADO.)

Te lo repetiré por última vez: ¿dónde está el agua mágica de mi Estanque de Plata?

DRAGÓN EMPLUMADO: No te lo diré jamás.

(La princesa NARIZ DE PIMIENTO se aleja un poco de DRAGÓN EMPLUMADO y se dirige al público.)

Nariz de Pimiento: Parece muy cabezota. Creo que no va a soltar prenda. Pero estoy segura de que el agua mágica de mi Estanque de Plata no puede encontrarse muy lejos de aquí. Necesito a alguien que...

(Piensa.)

A alguien que... A alguien que... ¡Ya lo tengo! Ahora mismo redactaré un edicto y ofreceré una recompensa a quien me devuelva mi agua mágica. Tal vez más adelante ofrezca otra recompensa a quien me diga dónde se encuentra ese otro tesoro llamado amistad.

Cuadro 6

NOMEACUERDO reaparece delante del escenario. Sonríe. Se le nota mucho más tranquilo que al principio. Lleva un papel enrollado en las manos, atado con una cinta roja. Se dirige al público.

NOMEACUERDO: Que nadie se asuste. Aunque yo aparezca de nuevo, la función no ha terminado. Aún queda lo más importante. ¿Conseguirá la princesa Nariz de Pimiento recobrar el agua mágica de su Estanque de Plata? ¿Conseguirá Dragón Emplumado salir de las mazmorras oscuras del palacio? La intriga continúa... Yo sólo he salido para dar un descanso a nuestros fabulosos actores, pero en seguida volveré a mi sitio.

(Se aclara la garganta.)

Antes, querría contaros que la princesa Nariz de Pimiento escribió un edicto, y ese edicto se distribuyó por todo el reino e, incluso, por los reinos vecinos. Se colocó en los troncos de los árboles, en las fachadas de las casas, en los cruces de caminos, en las veletas de las torres, sobre los lomos de las vacas que pacían por los campos... Se colocó en todo lugar desde el cual resultase visible.

(Levanta la mano en la que lleva el papel y lo muestra al público.)

Yo tengo aquí un ejemplar del edicto. Os lo voy a leer para que sepáis también lo que decía.

(Vuelve a aclararse la garganta. Quita la cinta roja y desenrolla el papel. Lee.)

«Yo, la princesa Nariz de Pimiento, hija del rey Narizotas VII y de la reina Napia, hago saber: que, entre otras cosas, ha sido robada de los jardines de mi palacio el agua mágica del Estanque de Plata que mi abuelo, el rey Narizotas VI, me regaló cuando cumplí un año. Por ello, ofrezco una recompensa a quien la encuentre y, aunque no he pensado aún cuál será la recompensa, aseguro a todo el mundo que consistirá en algo valioso e importante: tal vez una bota del Gato con Botas, tal vez una calabaza de las que se convierten en carrozas, tal vez el calcetín sudado de un futbolista famoso... Tal vez se me ocurra algo todavía mejor. Firmado: la princesa Nariz de Pimiento.»

(*NOMEACUERDO, una vez leído el edicto, cambia de tono.*)

Pues eso es lo que decía el edicto que la Princesa distribuyó por todas partes. Muchos fueron los que lo leyeron. La mayoría se encogió de hombros y sonrió con indiferencia. Pero hubo una persona que reaccionó de otro modo y prometió en voz alta por su honor que no pararía hasta descubrir quién tenía el agua mágica del Estanque de Plata de la princesa Nariz de Pimiento. Se trataba de un valiente y apuesto caballero llamado Valiempuesto.

(*Se detiene y escucha.*)

¡Eh! Creo que oigo los cascos de un caballo. Sí, tal vez se trate del valiente y apuesto Valiempuesto. Será mejor que me retire y deje paso a la función. Todo el mundo muy atento.

(*Sale NOMEACUERDO.*)

Cuadro 7

Aparece en el escenario el caballero VALIEM-PUESTO, quien va montado sobre un caballo. Habla de una manera afectada y se muestra siempre muy presuntuoso.

VALIEMPUESTO: Desde que leí el edicto de la princesa Nariz de Pimiento, me dije: solo un valiente y apuesto caballero, como yo, podría encontrar el agua mágica del Estanque de Plata.

(Se detiene en el centro del escenario y se dirige al público.)

Yo soy Valiempuesto. ¿Alguien lo dudaba, todavía? Soy valiente y apuesto, joven y fuerte y, como salta a la vista, bastante guapo. La recompensa de la princesa Nariz de Pimiento no está clara. Yo creo que cuando me vea se casará conmigo. Y así, además de valiente, apuesto, joven, fuerte, guapo... seré príncipe. ¡El príncipe Valiempuesto! Creo que suena bastante bien. Haré bordar un estandarte

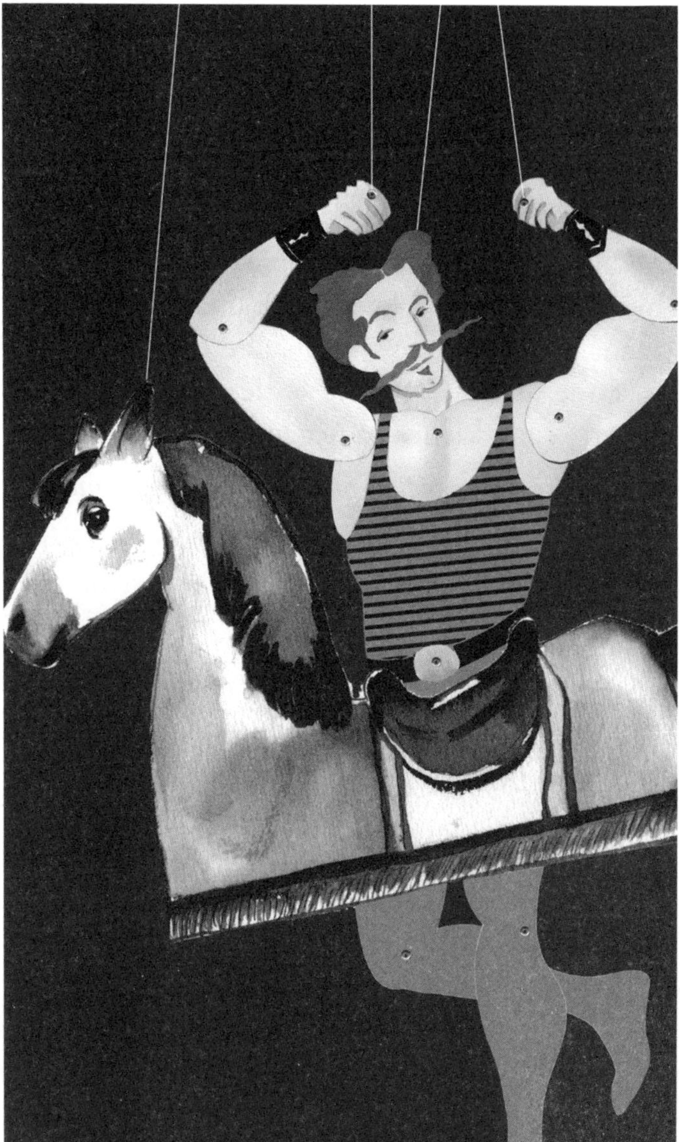

con mi nombre. Pero antes he de encontrar el agua mágica del Estanque de Plata, y eso para mí es pan comido. Está más chupado que un caramelo chupado por un millón de niños chupones.

(*Espolea su caballo y continúa su camino.*)

He hecho algunas averiguaciones y he descubierto a la ladrona. Se trata de una jovencita llamada Catalina, que vive en... Precisamente a su casa me dirijo. Creo que se llevará un susto de muerte cuando me vea llegar. ¡Ja, ja, ja!

(*Se detiene ante una puerta y mira con atención.*)

Esta debe de ser la casa de la joven Catalina. Llamaré a la puerta y, si no abre, la derribaré de un empujón.

(*Llama. "¡Toc-toc-toc!" Se abre la puerta y aparece la joven Catalina.*)

CATALINA: ¿Qué deseas?

VALIEMPUESTO: Soy Valiempuesto, un valiente y apuesto caballero.

CATALINA: Tanto gusto.

VALIEMPUESTO: ¿Eres tú la joven Catalina?

CATALINA: Yo misma.

VALIEMPUESTO: (*Ríe satisfecho.*) ¡Pues date presa!

CATALINA: ¿Presa? ¿Y por qué motivo?

VALIEMPUESTO: ¿Aún lo preguntas? ¡Por ladrona!

CATALINA: *(Enfadada.)* No soy una ladrona.

VALIEMPUESTO: ¿Vas a negar que tienes el agua mágica del Estanque de Plata de la princesa Nariz de Pimiento?

CATALINA: *(Para sí.)* Me ha descubierto.

(A VALIEMPUESTO, muy nerviosa.)

Verás, valiente y apuesto caballero... No soy una ladrona, aunque... En realidad necesitaba el agua mágica para...

VALIEMPUESTO: ¡Basta de excusas y de quejas!

CATALINA: Escúchame un momento y comprenderás por qué...

VALIEMPUESTO: No quiero escucharte, y lo único que comprendo en este momento es que la princesa Nariz de Pimiento se casará conmigo, y seré príncipe. Tú tendrás que dar cuenta de las fechorías que has cometido.

CATALINA: ¿Fechorías?

VALIEMPUESTO: ¡Date presa en nombre de la princesa Nariz de Pimiento!

CATALINA: *(Desconsolada.)* Estoy perdida.

Cuadro 8

La princesa NARIZ DE PIMIENTO cara a cara con la joven CATALINA. La Princesa se muestra autoritaria y agresiva. La joven está asustada.

NARIZ DE PIMIENTO: Así que tú, con esa pinta de mosquita muerta, tienes el agua mágica de mi Estanque de Plata. ¡Vaya, vaya! ¿Creías que ibas a salirte con la tuya? ¿Pensabas que no te descubriría? Una princesa, como yo, solo tiene que publicar un edicto para que los más valientes y apuestos caballeros se apresten a cumplir sus deseos, jugándose incluso la vida.

(Catalina solloza.)

¿Por qué lloras? ¿Te arrepientes ahora de tu acción?

CATALINA: No me arrepiento. Lo volvería a hacer mil veces.

NARIZ DE PIMIENTO: ¡Insolente!

CATALINA: Era la única forma de dar de comer a mi familia. Si salieras más a menudo de tu palacio te darías cuenta de que la gente es pobre y no tiene ni para comer.

NARIZ DE PIMIENTO: La gente será lo que yo diga que sea, que para algo soy la Princesa.

(La princesa NARIZ DE PIMIENTO se queda un instante pensativa, como si estuviera recapacitando.)

Pero... dime: ¿cómo dabas de comer a tu familia con el agua mágica de mi Estanque de Plata? No lo entiendo. En todo caso, podrías darles de beber.

CATALINA: Construía espejos.

NARIZ DE PIMIENTO: *(Sorprendida.)* ¿Espejos?

CATALINA: Con el agua mágica llenaba pequeños recipientes de barro que yo misma moldeaba y pintaba luego de colores muy vivos. Nunca un espejo había reflejado las cosas y las personas con tanta claridad. Todo el mundo se admiraba y quería uno. Yo los vendía y con el dinero podía comprar comida para mi familia.

NARIZ DE PIMIENTO: *(Molesta.)* ¡Espejos! ¡Es una mala idea! Ahora todo el mundo podrá mirarse en el agua mágica de mi Estanque de Plata.

CATALINA: ¿No te alegra?

NARIZ DE PIMIENTO: ¿Alegrarme? ¡Todo lo contrario! El Estanque de Plata era mío, solo mío, y solo yo podía contemplarme en sus aguas.

(Cambia de talante. Autoritaria.)

¡Y basta de cháchara! Ahora mismo vas a decirme dónde está el agua. No creo que hayas gastado toda.

CATALINA: No te lo diré nunca.

NARIZ DE PIMIENTO: ¿Ah, no...?

CATALINA: ¡No!

NARIZ DE PIMIENTO: ¿Sabes que soy la princesa Nariz de Pimiento y consigo todo lo que quiero?

CATALINA: Sé muy bien que eres la princesa Nariz de Pimiento, pero no creo que consigas todo lo que quieras.

NARIZ DE PIMIENTO: ¡No agotes mi paciencia! ¿Dónde está el agua mágica?

CATALINA: No lo diré ni aunque me cortes la cabeza.

NARIZ DE PIMIENTO: Te cortaré la cabeza a ti y a ese tonto de Dragón Emplumado.

(Al oír el nombre de DRAGÓN EMPLUMADO, CATALINA reacciona. Se muestra muy preocupada.)

CATALINA: ¿Qué has hecho a Dragón Emplumado?

NARIZ DE PIMIENTO: Está preso en las mazmorras de mi palacio, lleno de cadenas.

CATALINA: *(Suplicante.)* No le hagas daño, por favor. Él es mi mejor amigo.

NARIZ DE PIMIENTO: *(Para sí.)* ¿Amigo...? ¿Amistad...? Ya salió otra vez la dichosa palabreja. Pero... ahora que lo pienso... tal vez pueda aprovecharme de la amistad, aunque no sepa lo que es.

(Sonríe, como si estuviera maquinando un plan. Luego se dirige a CATALINA.)

¡Ja, ja, ja! ¿Sabes lo que le haré a Dragón Emplumado si no me devuelves el agua mágica?

CATALINA: ¿Qué le harás?

NARIZ DE PIMIENTO: Le haré picadillo. ¡Ja, ja, ja!

CATALINA: ¡No!

NARIZ DE PIMIENTO: ¡Sí! ¡Lo convertiré en una hamburguesa!

CATALINA: No lo hagas, por favor. Te devolveré el agua mágica.

NARIZ DE PIMIENTO: ¿Dónde está?

CATALINA: Guardada en cien tinajas.

NARIZ DE PIMIENTO: ¿Y dónde se encuentran esas cien tinajas?

CATALINA: Escondidas en una cueva.

NARIZ DE PIMIENTO: ¿Y la cueva?

CATALINA: En las montañas.

(*NARIZ DE PIMIENTO, exultante de alegría, se dirige al público.*)

NARIZ DE PIMIENTO: Recuperaré el agua mágica del Estanque de Plata. Volveré a descubrir mi reflejo perfecto en sus aguas cristalinas. ¡Ja, ja, ja! Todo volverá a ser como antes.

(*Cambia de tono. Intrigada.*)

Cada vez me llama más la atención esa palabra: «amistad». Tengo que averiguar su significado cuanto antes. Debe de ser una cosa importante. Pero si es importante, ¿por qué no la conoce una princesa como yo?

Cuadro 9

La princesa NARIZ DE PIMIENTO se pasea tranquilamente por los jardines de su palacio. Está feliz y contenta. Canta.

NARIZ DE PIMIENTO: ¡Tra-la-rala-la-la! Ahora da gusto pasear por los jardines de palacio. Los manzanos están llenos de manzanas, las matas de fresas están llenas de fresas y, lo más importante, el Estanque de Plata que me regaló mi abuelo Narizotas VI cuando cumplí un año está lleno de agua. Vengo de mirarme un rato. ¡Qué delicia! No hay nada comparable a ese reflejo.

(Se queda pensativa.)

¿Nada? ¿No hay nada? Y la amistad... ¿será comparable? Dragón Emplumado aseguraba que era un tesoro precioso. ¡Amistad! Él sigue encerrado en las mazmorras y yo sin saber lo que esa palabra significa. Creo que le preguntaré al general Matachinches.

(Empieza a dar voces.)

¡Matachinches! ¡Matachinches!

(Pide al público su colaboración.)

Por favor, ayudadme; creo que Matachinches ha vuelto a apagar su sonotone para que no se le gasten las pilas. ¡Matachinches! ¡Matachinches! ¡Matachinches!

(Por fin entra el general MATACHINCHES, despistado, mirando a un lado y a otro.)

MATACHINCHES: ¿Qué ruido es ese? ¡Eh! Princesa Nariz de Pimiento, ¿acaso me llamas a mí?

NARIZ DE PIMIENTO: ¡Conecta de inmediato el sonotone!

MATACHINCHES: Ya voy, ya voy... No te enfades.

(Al público.)

Es como una niña malcriada. A veces pierde los nervios. La conozco desde que nació...

NARIZ DE PIMIENTO: ¡Déjate de monsergas!

MATACHINCHES: Explicaba a esta gente que...

NARIZ DE PIMIENTO: Solo a mí debes darme explicaciones.

MATACHINCHES: Te daré todas las que quieras.

NARIZ DE PIMIENTO: Me bastará con una.

MATACHINCHES: Ya he conectado el sonotone, puedes preguntarme lo que quieras.

NARIZ DE PIMIENTO: ¿Qué es la amistad?

MATACHINCHES: ¿Has dicho «amistad»?

NARIZ DE PIMIENTO: Sí.

MATACHINCHES: *(Apurado.)* Pues... la verdad... A mí esa palabra me suena. Creo que alguna vez en mi vida he sabido lo que es la amistad. Pero ahora... soy viejo y...

NARIZ DE PIMIENTO: ¿Qué tiene que ver que seas viejo?

MATACHINCHES: Con los años he perdido la vista, el oído, estoy encorvado, cojeo un poco y...

NARIZ DE PIMIENTO: *(Impaciente.)* ¿Y qué?

MATACHINCHES: Y me falla la memoria.

(La princesa NARIZ DE PIMIENTO niega con la cabeza.)

NARIZ DE PIMIENTO: ¡Qué desastre! ¡Fuera de mi vista!

MATACHINCHES: ¿Qué?

NARIZ DE PIMIENTO: ¡Largo!

MATACHINCHES: *(Comienza a salir, se dirige al público.)* En el fondo es buena, pero a veces se comporta como...

NARIZ DE PIMIENTO: ¡¡¡Fuera!!!

(MATACHINCHES sale apresuradamente.)

Cuadro 10

El caballero Valiempuesto *está esperando a la princesa* Nariz de Pimiento. *Por supuesto, sigue montado en su inseparable caballo.*

Valiempuesto: Me ha citado la princesa Nariz de Pimiento en este lugar. No ha dicho para qué, pero lo sospecho. Creo que va a darme la recompensa por haber recuperado el agua de su Estanque de Plata. ¡Ja, ja, ja! Me imagino cuál va a ser esa recompensa. No será una bota del Gato con Botas, ni una calabaza que se convierta en carroza, ni un calcetín sudado de un futbolista famoso... ¡Ja, ja, ja! Creo que ella va a casarse conmigo. No podrá resistir los encantos de un caballero tan valiente, apuesto, joven, fuerte y, como salta a la vista, guapo. ¿Alguien lo duda? ¡Eh! Me ha parecido oír un comentario.

(Cambia de tono, amenazante. Al público.)

A quien se atreva a dudarlo lo ensartaré en la punta de mi espada.

(Para sí.)

No creo que tarde mucho la princesa Nariz de Pimiento. Estoy... algo nervioso, lo reconozco. Hoy es un día muy importante para mí.

(Entra Nariz de Pimiento. Se dirige a Valiempuesto.)

Nariz de Pimiento: Eres puntual.

Valiempuesto: Soy puntual, por supuesto, y además valiente, apuesto, joven, fuerte y, como salta a la vista, guapo.

Nariz de Pimiento: Y engreído. Y me parece a mí que un poco cursi y redicho.

Valiempuesto: *(Cortado.)* ¿Qué quieres decir, princesa Nariz de Pimiento?

Nariz de Pimiento: Ya me has oído. Querrás tu recompensa, ¿no es así?

Valiempuesto: Será un honor recibirla.

Nariz de Pimiento: ¿Qué prefieres: una bota del Gato con Botas, una calabaza que se convierte en carroza, un calcetín sudado de un futbolista famoso...?

Valiempuesto: *(Lanzado.)* Prefiero casarme contigo.

Nariz de Pimiento: ¿Qué dices?

Valiempuesto: Mírame bien. Soy valiente, apuesto...

Nariz de Pimiento: *(Le corta.)* Eres... un poco pesado.

(La princesa NARIZ DE PIMIENTO se vuelve hacia el público.)

No soporto a este caballero, pero se me ocurre una idea. Me casaré con él si...

(Se gira decidida hacia VALIEMPUESTO.)

Me casaré contigo si me explicas lo que significa la palabra «amistad».

Valiempuesto: ¿«Amistad», has dicho?

Nariz de Pimiento: ¿No has oído hablar de ella?

Valiempuesto: Sí; lo que se dice oír, sí que he oído, pero... Amistad es... es... Tú y yo no necesitamos para nada la amistad. Casémonos.

Nariz de Pimiento: No lo sabes.

Valiempuesto: Si no lo sé es porque no será muy importante. Cásate conmigo.

Nariz de Pimiento: Te he dado una oportunidad y no has sabido aprovecharla.

Valiempuesto: Pero, princesa...

Nariz de Pimiento: No hay peros que valgan. Pasa por mi palacio y elige tu recompensa.

Valiempuesto: *(Indignado.)* Yo no quiero una bota del Gato con Botas, ni una calabaza que se convierta en carroza, ni un calcetín sudado de un futbolista famoso... Yo lo que quiero es...

Nariz de Pimiento: Por última vez: ¿sabes lo que significa la palabra «amistad»?

Valiempuesto: ¡No! No necesito saberlo.

Nariz de Pimiento: Pues vete con viento fresco.

(Valiempuesto espolea a su caballo y se pone en marcha. Está molesto y muy indignado.)

Valiempuesto: Te arrepentirás, princesa Nariz de Pimiento.

(Valiempuesto sale. La princesa se queda sola, pensativa. Pasea de un lado a otro.)

Nariz de Pimiento: ¿Quién podrá explicarme lo que es la amistad? ¿Tendré que escribir otro edicto? Aunque... se me está ocurriendo una idea. Sí, ¿por qué no? Creo que le haré una visita a Dragón Emplumado en las mazmorras del palacio.

(Sale.)

Cuadro 11

DRAGÓN EMPLUMADO continúa encadenado en las mazmorras del palacio. Se lamenta en voz alta.

DRAGÓN EMPLUMADO: ¿Qué será de mí? Me temo que tendré que pasar el resto de mi vida en esta mazmorra, encadenado de pies y manos. Y esta no es vida para nadie, ni siquiera para un simple dragón emplumado. Es muy triste estar encerrado, sin libertad, sin poder ver a los amigos. ¡Cuánto me acuerdo de ellos, sobre todo de la joven Catalina! Solo de pensarlo se me saltan las lágrimas. Me paso los días buscando una solución, pero no consigo encontrarla. ¡Ay! ¿Qué será de mí? ¿Qué será de mi amiga Catalina? ¿Podrá salir adelante sin mi ayuda?

(Entra la princesa NARIZ DE PIMIENTO. Se acerca a DRAGÓN EMPLUMADO y se queda mirándolo.)

NARIZ DE PIMIENTO: Me ha parecido oírte pronunciar la palabra «amigo».

DRAGÓN EMPLUMADO: Claro que la he pronunciado. No hago más que pensar en mi amiga Cat...

NARIZ DE PIMIENTO: *(Interrumpiéndolo.)* Si pronuncias la palabra «amigo»... quiere decir que... lo sabes.

DRAGÓN EMPLUMADO: No entiendo nada.

NARIZ DE PIMIENTO: Iré al grano: tú sabes lo que significa la palabra «amistad», estoy segura.

DRAGÓN EMPLUMADO: Por supuesto.

NARIZ DE PIMIENTO: *(Alegre.)* Pues quiero que me lo digas ahora mismo.

DRAGÓN EMPLUMADO: No puedo.

NARIZ DE PIMIENTO: *(Contrariada.)* ¡Estás hablando con la princesa Nariz de Pimiento!

DRAGÓN EMPLUMADO: No puedo.

NARIZ DE PIMIENTO: Si me lo dices, te pondré en libertad de inmediato.

DRAGÓN EMPLUMADO: *(Suspira.)* No puedo.

NARIZ DE PIMIENTO: *(Enfadada.)* ¡Eres cabezota! Pero yo no me doy por vencida con facilidad. Piensa en tu libertad.

Dragón Emplumado: No pasa ni un minuto sin que piense en ella. Es una oferta muy tentadora, princesa Nariz de Pimiento, pero... no puedo decírtelo.

Nariz de Pimiento: *(Enrabietada.)* ¿Por qué no puedes decírmelo?

Dragón Emplumado: Porque solo tú puedes descubrir el significado de la palabra «amistad». Solo tú puedes descubrir el tesoro más precioso del mundo.

Nariz de Pimiento: *(Extrañada.)* ¿Yo?

Dragón Emplumado: Tú solita.

Nariz de Pimiento: *(Más extrañada.)* ¿Yo... solita?

(Se vuelve al público. Está molesta.)

¡Dichosa palabra y dichoso tesoro! Es más difícil de lo que pensaba. Pero cuanto más difícil me resulta, más me intriga.

(A Dragón Emplumado.)

¿Y qué puedo hacer?

Dragón Emplumado: Prueba a compartir.

(Sorprendida, Nariz de Pimiento se vuelve hacia él.)

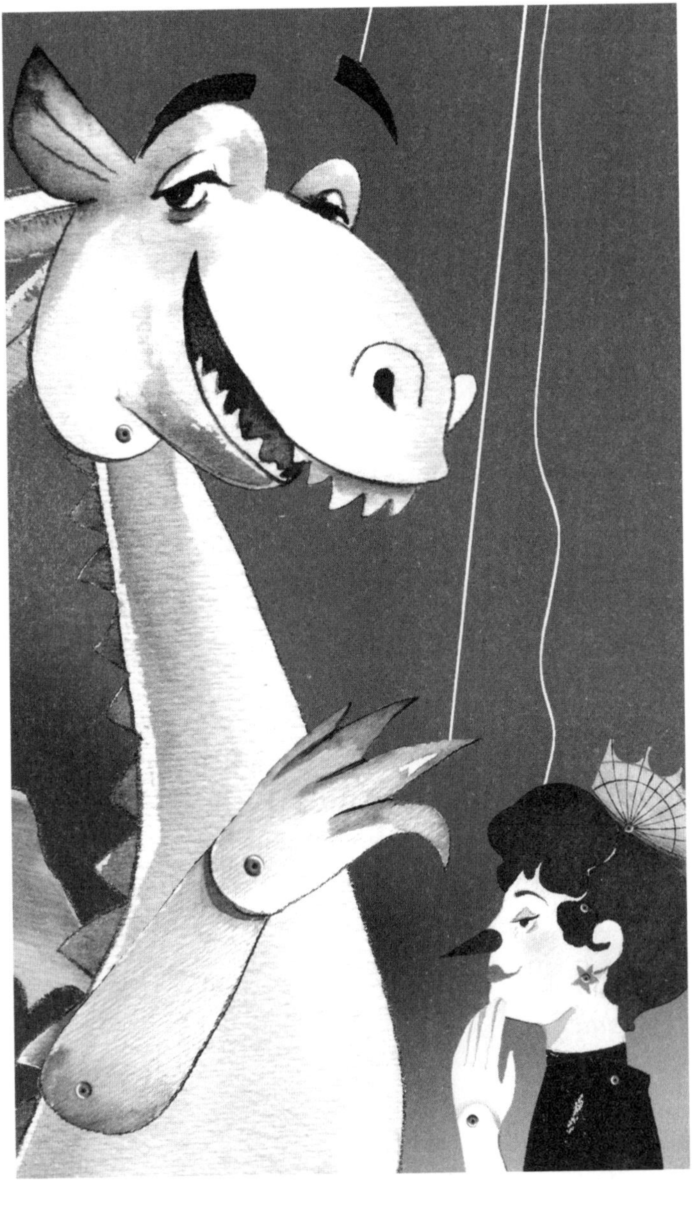

NARIZ DE PIMIENTO: ¿Qué quieres decir?

DRAGÓN EMPLUMADO: Comparte tus manzanas, tus fresas, el agua mágica del Estanque de Plata...

NARIZ DE PIMIENTO: Esas cosas son mías, solo mías.

DRAGÓN EMPLUMADO: Era... una idea.

NARIZ DE PIMIENTO: *(Pensativa.)* Y tú crees que si..., quiero decir que...

DRAGÓN EMPLUMADO: Prueba.

NARIZ DE PIMIENTO: ¿Pruebo?

DRAGÓN EMPLUMADO: Prueba.

(La princesa NARIZ DE PIMIENTO comienza a alejarse.)

NARIZ DE PIMIENTO: No sé qué hacer. Puedo probar, al fin y al cabo una manzana más o menos..., unas poquitas fresas..., un cubo de agua... Sí, puedo probar. Pero como no descubra el significado de esa dichosa palabra haré picadillo a Dragón Emplumado.

(Sale.)

Cuadro 12

Entra la princesa Nariz de Pimiento *con una manzana en la mano. Mira a un lado y a otro, como buscando a alguien. Por fin parece haberlo visto. Lo llama.*

Nariz de Pimiento: ¡Eh, tú, ven aquí inmediatamente!

(*Entra el rústico* Bonifacio, *un poco asustado.*)

Bonifacio: ¿Es a mí?

Nariz de Pimiento: Sí, es a ti. ¿Cómo te llamas?

Bonifacio: Me llamo Bonifacio. ¿Qué quieres de mí, princesa Nariz de Pimiento?

Nariz de Pimiento: ¿Te gustan las manzanas?

Bonifacio: ¿Que si me gustan…? ¡Me encantan!

Nariz de Pimiento: Toma esta.

(*Le da la manzana.* BONIFACIO *se sorprende, no se lo cree.*)

BONIFACIO: ¿Es para mí?

NARIZ DE PIMIENTO: Sí, es para ti. Además, puedes acercarte a los árboles frutales de mi jardín y coger más.

BONIFACIO: ¿De verdad?

NARIZ DE PIMIENTO: De verdad de la buena.

BONIFACIO: Gracias, Nariz de Pimiento.

NARIZ DE PIMIENTO: (*Desconcertada, pregunta al público.*) ¿Será esto la amistad? Si lo es, no le veo la gracia.

BONIFACIO: Soy albañil. Si quieres hacer alguna chapuza en el palacio, no tienes más que llamarme.

NARIZ DE PIMIENTO: (*Recapacita.*) ¿Sí? Pues ahora que lo pienso, hay una gotera...

BONIFACIO: ¿Una gotera? Eso es pan comido para mí. Seguro que se ha descolocado una teja. He arreglado miles de goteras. Me subiré al tejado y la arreglaré en un periquete.

NARIZ DE PIMIENTO: ¿Y cuánto me vas a cobrar?

BONIFACIO: Esta vez no te cobraré nada.

NARIZ DE PIMIENTO: ¿Por qué?

BONIFACIO: A los amigos no les cobro nada la primera vez.

NARIZ DE PIMIENTO: *(Sorprendida.)* ¿Amigos? ¿Eso quiere decir que soy... amiga?

BONIFACIO: Claro que sí, a no ser que tú no quieras.

NARIZ DE PIMIENTO: Sí, sí, claro que quiero serlo.

(BONIFACIO se va muy contento con su manzana.)

BONIFACIO: Pasaré un día de estos a arreglar la gotera. Adiós, Nariz de Pimiento.

NARIZ DE PIMIENTO: Adiós, Bonifacio.

(Sale BONIFACIO y NARIZ DE PIMIENTO se queda pensativa; habla para sí.)

No sé si esto será la amistad. Me encuentro rara. Nunca había sentido nada parecido. Es como... como... como...

(Se vuelve hacia un extremo.)

Alguien se acerca por allí.

(Llama a voces.)

¡Eh, tú, ven un momento!

(Asustada, entra la rústica CRISPINA.*)*

CRISPINA: Yo... solo pasaba por aquí, iba a...

NARIZ DE PIMIENTO: *(Cortándola.)* ¿Cómo te llamas?

CRISPINA: Crispina.

NARIZ DE PIMIENTO: ¿Te gustan las fresas, Crispina?

CRISPINA: ¿Las fresas...?

NARIZ DE PIMIENTO: Sí, las fresas.

CRISPINA: Pues... sí. Sobre todo les gustan a mis hijos. Tengo muchos hijos y...

NARIZ DE PIMIENTO: Entra en los jardines de mi palacio y coge todas las que quieras, y naranjas, y coliflores...

CRISPINA: ¿No te burlas de mí?

NARIZ DE PIMIENTO: No me burlo. Palabra de princesa.

CRISPINA: *(Contenta.)* Muchas gracias, Nariz de Pimiento. Mañana yo te traeré un regalo.

NARIZ DE PIMIENTO: ¿Un regalo? ¿Un regalo para mí?

CRISPINA: Soy pobre y mi regalo será humilde. Te traeré un huevo con dos yemas. Tengo una gallina blanca que pone huevos con dos yemas.

NARIZ DE PIMIENTO: *(Sorprendida.)* ¡Un huevo con dos yemas! ¿Y me lo regalarás?

CRISPINA: Por supuesto. A una amiga se le regala un huevo con dos yemas.

(Sale CRISPINA. NARIZ DE PIMIENTO se dirige al público.)

NARIZ DE PIMIENTO: No estoy segura, pero creo que empiezo a darme cuenta de lo que significa la palabra «amistad». Y me gusta. Me siento... ¿cómo expresarlo? Me siento... bien, muy bien. Ahora llevaré un cubo de agua mágica de mi Estanque de Plata a la joven Catalina.

(Sale.)

Cuadro 13

CATALINA, nostálgica, habla sola en un extremo del escenario.

CATALINA: Cada vez que pienso en Dragón Emplumado se me saltan las lágrimas. A veces me gustaría que me hubieran encerrado a mí también, para hacerle compañía.

(Suspira.)

¡Amigo, cuánto me acuerdo de ti!

(Entra NARIZ DE PIMIENTO con un cubo de agua en las manos.)

NARIZ DE PIMIENTO: Hola, Catalina.

CATALINA: *(Se asusta un poco.)* ¡Eh! Eres tú, princesa Nariz de Pimiento.

NARIZ DE PIMIENTO: Sí, soy yo.

CATALINA: ¿Qué quieres de mí?

Nariz de Pimiento: Te traigo un cubo de agua mágica del Estanque de Plata.

Catalina: *(Muy sorprendida.)* ¿Para mí?

Nariz de Pimiento: Sí, te lo regalo. Y si necesitas más agua, solo tienes que pedírmela.

Catalina: ¿Estás... bien?

Nariz de Pimiento: Mejor que nunca.

Catalina: ¿No tienes fiebre ni has...?

Nariz de Pimiento: Ni he perdido el juicio.

(Nariz de Pimiento le entrega el cubo a Catalina, que mira el interior, sorprendida y feliz.)

Catalina: ¡Oh! Muchas gracias, Nariz de Pimiento. No sé como agradecértelo.

Nariz de Pimiento: No lo he hecho para que me lo agradezcas.

Catalina: *(Se le ocurre una idea.)* Espera un momento. No te marches. Voy a guardar el cubo y a coger un... Ahora vuelvo.

(Sale Catalina.)

Nariz de Pimiento: *(Al público.)* No sé qué me pasa. Noto cosas que nunca antes había sentido. ¿Será grave? ¿Tendré que ir al médico para que me cure? ¿Tendré que vacunarme? Dragón

Emplumado no me explicó las consecuencias de la amistad.

(Regresa CATALINA. Lleva un espejo en la mano.)

CATALINA: Es uno de los espejos que hice con el agua mágica del Estanque de Plata. Mírate en él.

(Coloca el espejo delante de NARIZ DE PIMIENTO. Esta se admira.)

NARIZ DE PIMIENTO: ¡Oh! ¡Es fantástico! Nunca había visto un espejo como este.

CATALINA: Lo que lo hace fantástico es el agua del Estanque de Plata.

NARIZ DE PIMIENTO: ¡Es un prodigio!

CATALINA: Quédatelo.

NARIZ DE PIMIENTO: ¿Me lo regalas?

CATALINA: Para ti para siempre.

(NARIZ DE PIMIENTO, muy contenta, se abraza a CATALINA y le da dos besos.)

NARIZ DE PIMIENTO: ¡Mua! ¡Mua!

(Luego se sorprende de su comportamiento y se separa de ella.)

¡Te he dado dos besos!

CATALINA: ¿Por qué te extrañas? Las amigas se dan besos.

NARIZ DE PIMIENTO: ¿Somos amigas?

CATALINA: Sí.

(NARIZ DE PIMIENTO *salta de alegría.*)

NARIZ DE PIMIENTO: Ahora lo comprendo bien. Dragón Emplumado tenía razón: yo sola tenía que descubrir el significado de la palabra amistad. ¡Y lo he conseguido!

(*NARIZ DE PIMIENTO coge de las manos a CATALINA y las dos se ponen a bailar y a cantar alegremente.*)

CATALINA Y NARIZ DE PIMIENTO: ¡Tra-la-rala-la-la!

NARIZ DE PIMIENTO: Voy a organizar una fiesta para celebrarlo, pero antes tengo que hacer una cosa muy importante.

(*Se separa de CATALINA y se acerca a un extremo. Grita.*)

¡General Matachinches! ¡General Matachinches!

(*Se oye un estruendo, como si alguien se hubiera tropezado y hubiera arrastrado un montón de cosas en la caída.*)

¡Matachinches! ¿Eres tú?

VOZ DE MATACHINCHES: ¡Ay! ¡Vaya costalada! ¡Ay! ¡No me he matado de milagro! Sí, princesa Nariz de Pimiento, soy yo, o lo que queda de mí.

NARIZ DE PIMIENTO: Escúchame con atención: quiero que dejes en libertad ahora mismo a Dragón Emplumado.

VOZ DE MATACHINCHES: Lo haré en cuanto me ponga de pie.

(Esta vez es CATALINA la que salta de alegría. Se abraza a NARIZ DE PIMIENTO y le da dos besos.)

CATALINA: Ahora sí que soy feliz. Gracias, amiga. ¡Mua! ¡Mua!

NARIZ DE PIMIENTO: Dragón Emplumado no puede faltar a mi fiesta. Gracias a él he descubierto el tesoro más precioso del mundo.

CATALINA: ¿Qué vas a celebrar en tu fiesta?

NARIZ DE PIMIENTO: Varias cosas, entre ellas mi dimisión como princesa.

CATALINA: ¿Y qué vas a ser de ahora en adelante?

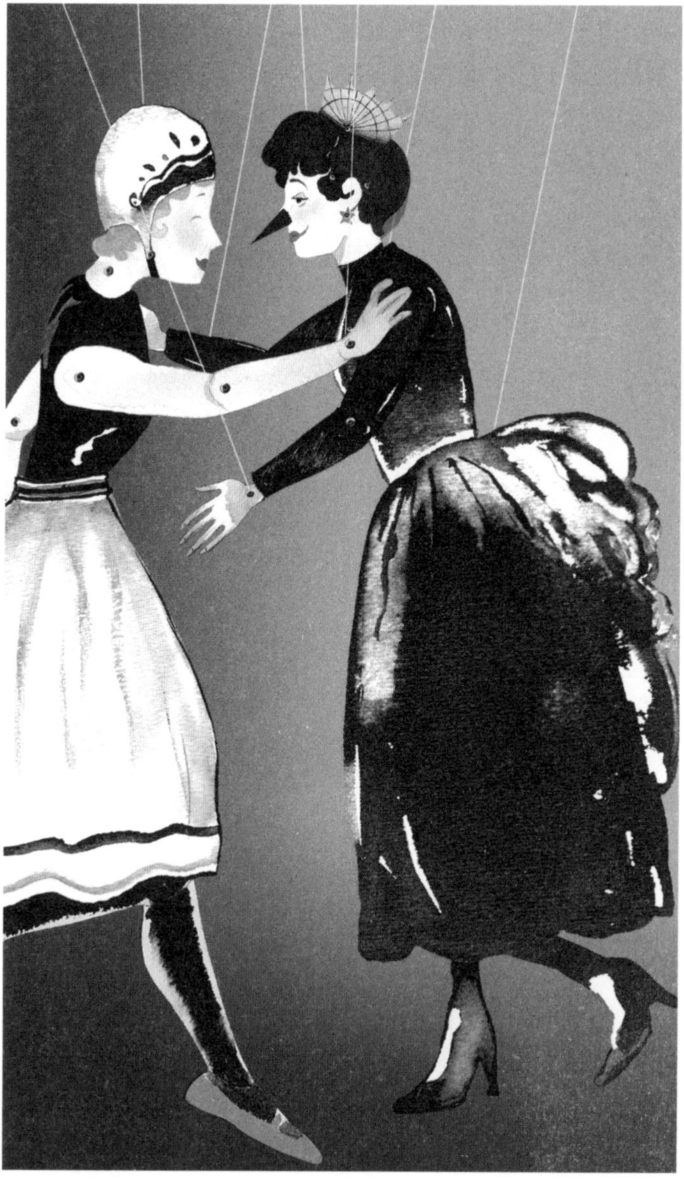

Nariz de Pimiento: Seré... ¡la amiga de mis amigos!

(Las dos se abrazan, saltan y cantan llenas de felicidad.)

Cuadro 14

Ha caído el telón en el escenario. NOMEACUERDO entra y se coloca delante de él. Hace una reverencia al público. Lleva un viejo sombrero de paja en la mano.

NOMEACUERDO: No, no penséis que voy a prolongar la función. Ya sé que todos estáis deseando poneros de pie y estirar las piernas. Solo quería agradeceros vuestro aplauso caluroso y deciros que aquí se acaba la historia de Nariz de Pimiento, la princesa que un buen día decidió dejar de serlo porque había encontrado el tesoro más precioso del mundo. Os aseguro que jamás se arrepintió de su decisión. Desde donde ahora vive, un lugar que no puedo desvelar, os recomienda a todos que busquéis siempre el mismo tesoro. Los más afortunados tal vez lo descubran.

(Da unos pasos hacia el público, se agacha y coloca el sombrero de paja en el suelo, boca arriba.)

Y ahora sed amigos de estos humildes artistas y mostradles vuestra generosidad. ¡Adiós, y sed felices!

TERCERA PARTE

Después de la función

1 Aplausos

Sentados sobre la hierba del parque, con la espalda apoyada en la maleta, Flor y Nomeacuerdo contemplaban el estanque. Los patos y los cisnes se deslizaban entre los reflejos de los árboles frondosos de las orillas.

En sus oídos aún resonaban con fuerza los aplausos de la gente al final de la función.

Nomeacuerdo abrió uno de sus cuadernos y con letras grandes escribió: «Me parece increíble». Luego leyó la frase en voz alta:

–«Me parece increíble.»

–Yo estaba convencida de que la función sería un éxito –le replicó Flor.

–Lo que me parece increíble es haber sido capaz de recordar el texto –puntualizó Nomeacuerdo–. Reconozco que al principio miré la chuleta un par de veces, pero lo hice porque estaba muy nervioso. Después hablaba sin darme cuenta y las palabras fluían con naturalidad de mi boca, como el agua de una fuente.

—Es la magia del teatro –le explicó Flor–. Sales al escenario y te transformas.

—Reconozco que dije algunas cosas que no estaban en la obra. ¿Cómo llamáis a lo que a veces improvisan los actores?

—Morcillas.

—Pues se me escapó alguna morcilla.

—No importa, te quedaron muy ricas las morcillas.

—A lo mejor equivoqué mi vocación y, en realidad, debería ser cocinero.

—No creo, eres muy buen escritor.

—Gracias. Pero todo el mérito de la función es tuyo. No he visto a nadie mover las marionetas con tanta gracia.

—Entonces nos repartiremos los méritos: la mitad para cada uno. ¿Estás de acuerdo?

—Sí.

Se quedaron un rato en silencio, con la mirada perdida entre las ondas que el viento moldeaba con el agua del estanque.

Nomeacuerdo pensaba que se sentía muy a gusto con Flor, pero mucho, mucho, mucho...

Flor pensaba que se sentía muy a gusto con Nomeacuerdo, pero mucho, mucho, mucho...

–¿En qué piensas? –le preguntó de pronto Flor.

–Pues... en que tal vez esté recuperando la memoria –mintió Nomeacuerdo, al que le dio vergüenza reconocer que estaba pensando en ella.

–¿Te gustaría recuperarla?

–Sí, claro.

Flor arrojó una piedrecita al agua y observó cómo se formaban unos pequeños círculos concéntricos, que se iban expandiendo poco a poco hasta desaparecer.

–Si recuperases la memoria, no serías tú ni te llamarías Nomeacuerdo –dijo–. A mí me gustas como eres.

–¿Te gusto como soy?

–Sí.

Nomeacuerdo sintió que se ruborizaba y, para disimular, bajó la cabeza y fingió que escribía algo en el cuaderno. El corazón se le aceleraba en el pecho. Si a ella le gustaba así, desmemoriado, era mejor no recobrar la memoria.

–Entonces... prefiero mil veces ser Nomeacuerdo –dijo.

–Me alegro –asintió ella.

Alzó la cabeza y miró a Flor. Ella lo estaba mirando.

–Tú también me gustas como eres –se atrevió a decir Nomeacuerdo.

Y como si obedecieran a una misma señal, sus manos comenzaron a moverse torpemente, la una en busca de la otra, y cuando al fin se encontraron se fundieron en un apretón.

Les pareció que el parque estaba más bonito que nunca, y que lo estaba en su honor y solo para ellos.

Los árboles danzaban al compás del zumbido del viento, las nubes pintarrajeaban sobre el azul luminoso del cielo, el Sol bostezaba camino de Poniente...

Flor sonrió a Nomeacuerdo.
Nomeacuerdo sonrió a Flor.

Entonces se dieron un beso.

Y cuando dejaron de besarse creyeron escuchar un fuerte aplauso. No había gente a su alrededor y por eso se extrañaron un poco. Pero en seguida cayeron en la cuenta de lo que había sucedido. Les aplaudían los árboles frondosos, las nubes deshilachadas, el Sol, los patos y los cisnes del estanque, las ardillas, los mirlos y los vencejos, un perro vagabundo... Aplaudían con entusiasmo hasta las carpas voraces, las hormigas negras y los mosquitos trompeteros.

El parque entero, lleno de vida, les dedicaba una ovación.

Flor y Nomeacuerdo se pusieron de pie y comenzaron a hacer reverencias a los árboles, a las nubes, al Sol, a los patos, a los cisnes, a las ardillas, a los mirlos, a los vencejos, al perro vagabundo, a las carpas, a las hormigas, a los mosquitos trompeteros...

Luego escucharon una musiquilla que brotaba de lo más profundo de sus mentes, como si sus cerebros se hubiesen puesto a cantar a dúo. Se cogieron de las manos y comenzaron a bailar.

Agotados, abandonaron el parque al anochecer, tirando de la maleta cargada de muñecos.

2 *Una nueva función*

Esperaron al autobús bajo la marquesina de la parada y les vino de perlas que llegase con muchísimo retraso, porque así tuvieron más tiempo para estar juntos.

A veces permanecían en silencio, mirándose embobados.

Otras veces comenzaban a hablar atropelladamente y se quitaban la palabra, como si una urgencia misteriosa los impulsase a decir muchas cosas al mismo tiempo.

Al fin llegó el autobús de la línea 22. Flor agarró la maleta con firmeza y se dispuso a subir.

–¿Nos vemos mañana? –preguntó Nomeacuerdo, observándola desde la acera.

–Sí –respondió Flor, y desde los peldaños de acceso al autobús le lanzó un beso por los aires.

El beso de Flor pasó rozando la coronilla de un señor calvo y empañó las gafas de una anciana que subía con mucha precaución. Nomeacuerdo tuvo que saltar para atraparlo al vuelo con sus dos manos. Entre los dedos, lo sentía muy cálido y juguetón.

La siguió con la mirada hasta que ella se sentó en la parte de atrás, junto a una ventanilla. Cuando el autobús reanudaba la marcha le lanzó también un beso.

El beso de Nomeacuerdo iba derecho a estrellarse contra el cristal de la ventanilla, pero Flor se dio cuenta a tiempo y la levantó.

Nomeacuerdo regresó a su casa con el beso de Flor.

Flor regresó a su casa con el beso de Nomeacuerdo.

Nomeacuerdo, curiosamente, recordaba el autobús que debía coger, pero prefirió volver dando un paseo. La noche era espléndida y su estado de euforia lo invitaba a caminar.

Cuando llegó a su barrio, y antes de subir a casa, decidió hacer una visita a su amigo Miguel Ángel. Este, al verlo entrar en el bar, le preguntó de inmediato:

–¿Quieres que te apunte las señas de tu casa en una servilleta de papel?

–No –respondió Nomeacuerdo–. Hoy me tomaré un zumo de naranja, pero que esté bien fresquito.

–Marchando.

Mientras se bebía el zumo, pensaba Nomeacuerdo que era un verdadero fastidio empezar a no olvidar algunas cosas, justo cuando Flor le había dicho que le gustaba tal y como lo había conocido.

Hizo una seña con el brazo para despedirse de Miguel Ángel, pero cuando iba a salir del bar lo detuvo la voz del camarero.

–¿No te olvidas de algo? –le preguntó.

–Hoy no hace falta que me recuerdes mi dirección –reconoció Nomeacuerdo, a su pesar.

–No me refiero a eso –insistió el camarero.

–¿A qué te refieres entonces?

–A que te has olvidado de pagar.

Nomeacuerdo se sintió muy feliz, pues pensó que aún había cosas que se le seguían olvidando. Dio un gran salto de alegría y, cuando estaba en el aire, realizó una pirueta sorprendente con sus piernas, más propia de un acróbata. Luego abrazó a Miguel Ángel. Por último, le pagó el zumo de naranja que se había tomado.

–Estás como una cabra –le dijo Miguel Ángel cariñosamente.

Cuando llegó a su casa se le ocurrió una idea. Abrió en seguida uno de sus cuadernos y la apuntó. Luego la leyó unas cuantas veces y se preguntó si merecería la pena o no.

Descolgó el teléfono y marcó el número de Flor. Se sorprendió de acordarse del número de memoria.

–¿Diga...?

–Hola, Flor.

–Hola, Nomeacuerdo.

–Se me acaba de ocurrir una idea y quería preguntarte si te parece una buena o una mala idea. Por favor, dame tu opinión.

–Antes tendrás que decirme de qué se trata.

–¡Es verdad! ¡Qué cabeza la mía! Pues verás, se me ha ocurrido que podría escribir otra función de teatro.

–Eso sería estupendo.

–¿Te gustaría?

–Sí, mucho.

–Entonces lo haré.

–¿Y de qué tratará?

–Del tesoro más precioso del mundo.

Flor suspiró y no pudo evitar una sonrisa. No había conocido a nadie tan desmemoriado en su vida. ¿Cómo era posible que Nomeacuerdo se hubiese olvidado de que ya había escrito esa función?

–Tengo que recordarte una cosa –le dijo, procurando buscar un tono amable en su voz–: Ya has escrito esa función. Hoy por la mañana la hemos representado en el parque y hemos tenido un gran éxito. Recuerda que tú mismo interpretaste un papel.

–No me refiero a esa función.

–¿Entonces...? –Flor se sintió desconcertada.

–Es que he descubierto que puede existir un tesoro más precioso aún.

–¿Más que la amistad?

–Sí.

–¿Y qué tesoro es ese?

–El amor.

Flor se sintió muy sorprendida por las palabras de Nomeacuerdo. Desde luego, no supo qué oponer a su razonamiento y permaneció en silencio.

–¿Qué te parece? –insistió Nomeacuerdo.

–Bien –reconoció Flor–. Aunque me gustaría saber de qué va a tratar esa función.

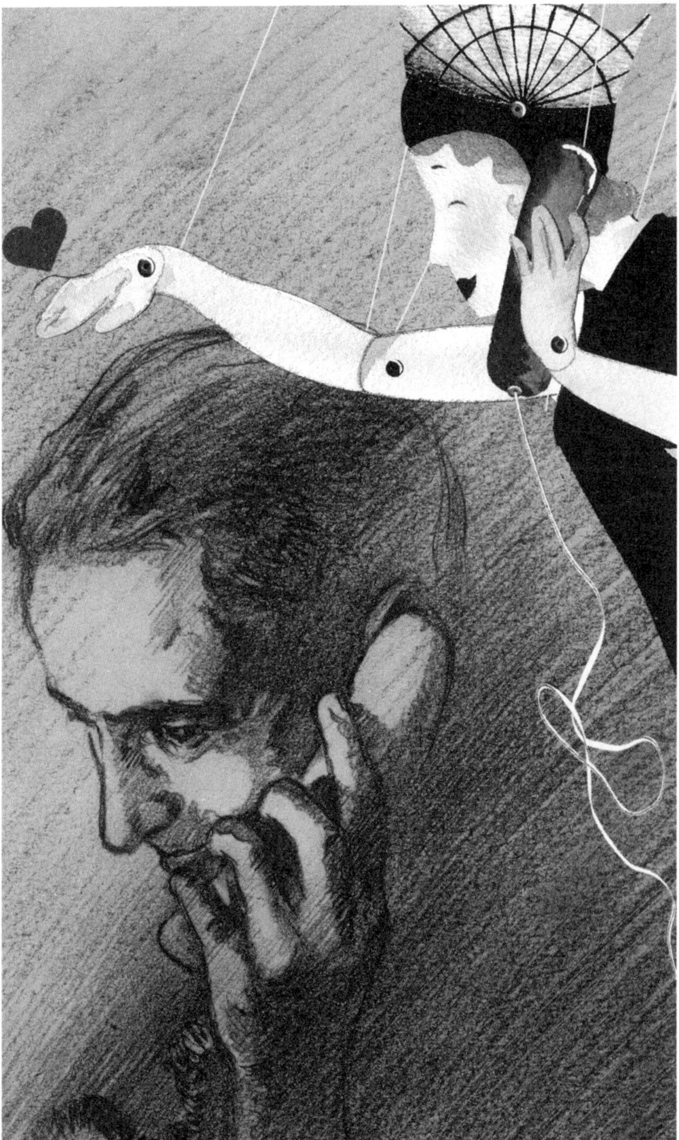

–Tengo algunas ideas.

–¿Por qué no me las cuentas?

–Habrá dos protagonistas: una chica maravillosa que hace marionetas y un escritor con muy mala memoria. Un día se conocen en un parque y deciden hacer una función juntos. Mientras preparan la función se enamoran locamente...

–Interesante –reconoció Flor–. Escríbela.

–Lo haré esta misma noche. Mañana por la tarde podrás leerla.

–Estoy deseándolo.

–En cuanto cuelgue el teléfono me pondré a escribir, pero antes quiero preguntarte algo.

–¿El qué?

–Imagínate que la memoria vuelva a anidar en mi cerebro, como las cigüeñas en el campanario de la iglesia, y que empiece a acordarme de las cosas. Imagínate que recuerde lo que sucedió ayer, y anteayer, y la semana pasada... Imagínate que recuerde hasta mi nombre, mi verdadero nombre...

–¿Adónde quieres ir a parar?

–¿Me seguirías queriendo?

–Por supuesto.

Nomeacuerdo respiró tranquilo. Mandó un sonoro beso a Flor por el teléfono y esperó a que ella hiciera lo mismo. Lo malo fue que los besos se cruzaron por el camino y, a causa del impacto, se cortó la comunicación.

Nomeacuerdo se sentó a su mesa, abrió uno de sus cuadernos y escribió con letras mayúsculas el título de su nueva función:

EL TESORO MÁS PRECIOSO DEL MUNDO

TE CUENTO QUE ALFREDO GÓMEZ CERDÁ...

... *igual que Flor y Nomeacuerdo, dio sus primeros pasos como autor escribiendo obras de teatro. Sin embargo, de pequeño lo tenía difícil para conseguir un libro. En su familia no había ningún escritor o lector avezado, su colegio carecía de biblioteca y tampoco existía una pública en su barrio. A pesar de estas circunstancias adversas, durante la adolescencia Alfredo fue desarrollando con fuerza su pasión por la lectura y también por la escritura. Así, consiguió representar con éxito sus primeras obras de teatro y pronto descubrió la literatura infantil y juvenil. Y desde entonces no ha parado de publicar. Pero Alfredo es inquieto y no limita su creación al mundo de la LIJ. También ha publicado para lectores «adultos» y ha preparado guiones para cómics, así como numerosos artículos para prensa y revistas especializadas. A la hora de escribir, este autor encuentra la inspiración en dos miradas: la «interior» y la «exterior». La primera consiste en mirar dentro de uno mismo, en los recuerdos, los sentimientos y las experiencias vividas. La segunda consiste en observar el mundo que nos rodea, nuestro barrio, nuestra ciudad... siempre a la búsqueda de una historia. Si quieres saber más de él: www.almezzer.com.*

Alfredo Gómez Cerdá nació en Madrid, en 1951, y estudió Filología Hispánica. En 1989 obtuvo el premio El Barco de Vapor con *Apareció en mi ventana*. Su amplia bibliografía incluye títulos como *Las palabras mágicas*, *Con los ojos cerrados*, *Peregrinos del Amazonas*, *El monstruo y la bibliotecaria*, *La sombra del gran árbol*, *Sin máscara* o *Cuaderno de besos*.

¿QUIERES LEER MÁS?

A ÖKE, EL PROTAGONISTA DE **NO TE LO TOMES AL PIE DE LA LETRA,** LE OCURRE TODO LO CONTRARIO QUE A NOMEACUERDO. Y es que su memoria es prodigiosa, tanto que cuando llega a vivir en España desde su Finlandia natal se aprende todas las palabras en un solo día. Pero claro, esto puede provocar alguna que otra confusión…

NO TE LO TOMES AL PIE DE LA LETRA
Miguel Ángel Mendo
EL BARCO DE VAPOR, SERIE NARANJA, N.º 157

HAY DOS PERSONAJES DE EL BARCO DE VAPOR QUE SABEN MUY BIEN CUÁL ES EL TESORO MÁS PRECIOSO DEL MUNDO. SE LLAMAN PAUL Y SUSI, Y **EN DIARIO SECRETO DE SUSI, DIARIO SECRETO DE PAUL** descubrirás cuánto valoran estos dos chicos la amistad.

DIARIO SECRETO DE SUSI,
DIARIO SECRETO DE PAUL
Christine Nöstlinger
EL BARCO DE VAPOR, SERIE NARANJA, N.º 50

¡AH, LOS PARQUES! EN ELLOS SE PUEDE VER UNA FUNCIÓN, JUGAR O VIVIR UNA AVENTURA INESPERADA. QUE SE LO DIGAN A LA PROTAGONISTA DE LA SERIE **EL MUNDO FLOTANTE,** que de buenas a primeras se mete en una aventura repleta de vampiros y criaturas misteriosas...

EL VAMPIRO VEGETARIANO
EL MUNDO PRETÉRITO
EL MUNDO OSCURO
EL MUNDO FLOTANTE
EL MUNDO INFERIOR
Carlo Frabetti
EL BARCO DE VAPOR, SERIE NARANJA,
SUBSERIE EL MUNDO FLOTANTE